KB211229

세계 유명인사들의 명연설문

버락 오바마 외 14인

Bansok

세계 유명인사들의 명연설문

편 저 반석출판사 편집부
발행인 고본화
발 행 반석출판사
2012년 5월 15일 초판 5쇄 인쇄
2012년 5월 20일 초판 5쇄 발행
반석출판사 | **www.bansok.co.kr**
이메일 | **bansok@bansok.co.kr**
트위터 | **@bansok_books**

157-779 서울시 강서구 염창동 240-21 우림블루나인 비즈니스센터 B동 904호
대표전화 02) 2093-3399 **팩 스** 02) 2093-3393
출 판 부 02) 2093-3395 **영업부** 02) 2093-3396
등록번호 제 315-2008-000033호

Copyright © 반석출판사

ISBN 978-89-7172-523-8 (03840)

값 5,000원

세계 유명인사들의 명연설문

버락 오바마 외 14인

Bansok

| Contents

제1부 정치가

01. 버락 오바마 (Barack Hussein Obama, 1961. 8. 4 - 현재)

역사에서 당신의 자리는 무엇입니까?

버락 오바마는 미국 민주당 소속의 일리노이 주 상원의원이며 미국 역사 상 다섯 번째 흑인 상원의원이자 현역 유일의 흑인 상원의원이다. 하와 이 주 호놀룰루에서 케냐 출신 유학생과 캔자스 출신 백인 여성 사이에 서 태어났다. 한때 마약에 손을 대는 등 불행한 청소년시절을 거쳤지만, 컬럼비아 대학을 거쳐 흑인 최초로 하버드 법과대학원을 수석으로 졸업 했다. 1990년대에 인권변호사로 명성을 날리다 2004년 70%의 기록적 인 득표로 일리노이 주 상원의원에 당선되었다.

2007년 2월 제44대 미국 대통령선거 민주당 후보 경선에 출마 해 당선 되었다. 이라크 전쟁의 종결과 전국민에 대한 건강보험 혜택, 중산층과 서민을 위한 세제 개편 등을 주요 선거전략으로 내세우고 있는 그는 젊 은이들과 여성, 사회적 소수자들에게 높은 인기를 얻고 있으며, 젊고 진 보적인 후보로 평가되는 동시에 최초의 흑인 대통령으로 뽑힐 만한 인물 로 평가되고 있다.

이 연설은 2005년 6월 4일, 일리노이 주 게일스버그에 위치한 녹스 대 학(Knox College)에서 행한 졸업축사이다.

안녕하십니까, 테일러 총장님, 평의회와 교수님들, 부모님들, 가족, 친구들, 게일스버그의 여러 단체들, 1955년 졸업생들 — 어제 밤 파티를 했다고 들었는데 정시에 도착했군요 — 그리고 무엇보다도 2005년 졸업생들. 여러분의 졸업을 축하합니다. 그리고 오늘 이 자리에 참석할 수 있는 영광을 준 것에 감사드립니다. 또한 총장님에게 명예학위에 대해 감사드립니다. 법학대학원 학자금 납입을 끝마친 게 겨우 몇 년 전 일입니다. 이렇게 쉬운 줄 알았다면 미국 상원의원 자리에 일찍 출마했을 텐데요.

아시다시피 여러분들이 저를 미국의 상원의원으로서 워싱턴으로 보내주신 지 약 6개월이 지났습니다. 저는 여러분 모두가 저를 지지했다고 생각하지는 않습니다. "난 당신을 어디로도 보내지 않았어"라고 낮게 중얼거리는 사람들도 있을텐데요, 그래도 괜찮습니다. 아마 우리는 식이 끝나고 나면 펌프핸들(Pumphandle, 잡은 손을 위아래로 흔드는 과장된 악수) 행사를 갖게 될테니까요. 다음에는 생각을 바꾸시기 바랍니다.

현재까지는 아주 멋진 여행이었습니다. 상원의회 안으로 걸어 들어갈 때마다, 저는 그곳에서 이루어진 역사를, 좋았던 것이든 나빴던 것이든 역사를 상기합니다. 하지만 몇몇 환상적인 순간들이 있었습니다. 예를 들면, 저는 취임하기 전에 저와 보좌진들이 사무실에서 기자회견을 열기로 결정한 것을 기억합니다. 이제, 제가 99번째 순위라는 것을 기억하십시오. 저는 일리노이 주가 콜로라도 주보다 더 크기 때문이라는 걸 알기 전까지는 마지막 순위가 아니라는 걸 자랑스럽게 생각했습니다. 어쨌든 저는 99번째 순위의 상원의원이고, 많은 기자들이 저의 작은 사무실로 몰려들었는데 그 사무실은 덕센 빌딩의 수위실 바로 옆에 있었습니다. 그때가 그 빌딩에서의 첫 번째 날이었고, 아직 상원의원으로서 의결권을 행사하기 전이었으며, 법안 한 건도 제의하지 않았고, 아직 제 책상에 앉아보지도 않았었죠. 그리고 어떤 진지한 기자가 손을 들어 이렇게 질문했습니다.

"오바마 의원님, 역사에서 당신의 자리는 무엇입니까?"

바로 여러분처럼 저도 크게 웃었습니다. 저는 말했죠, 역사에서 내 자리라니? 저는 그가 농담을 하고 있다고 생각했습니다. 그때 저는 다른 상원의원들이 저를 위해 모범생만의 자리라도 과연 마련해줄지 의문이었거든요.

하지만 이 말을 졸업생 여러분과 나누면서, 다음에 해야 할 일은 무엇이고, 무엇이 실행 가능하며, 어떤 기회가 앞에 놓여 있는지를 생각하면서, 저는 2005년도 졸업생 여러분에게 이런 질문을 스스로에게 던지는 것이 나쁜 일은 아니라고 생각합니다.

"역사에서 당신의 자리는 무엇입니까?"

다양한 시대, 다른 여러 지역에서, 이 질문은 상대적으로 쉽고 분명한 대답을 얻을 수 있을 것입니다. 로마제국시대의 하인이라면, 아시듯이 당신은 당신의 일생을 다른 누군가의 제국을 건설하는 데 소모하도록 강요받았을 것입니다. 11세기 중국의 농민이었다면, 당신이 아무리 열심히 일하더라도 그 지역의 군주가 찾아와 당신의 모든 것을 가져갔을 것입니다. 그리고 기근이 닥치겠지요. 조지 왕 통치 하의 백성이었다면 당신의 종교의 자유와 자유롭게 말할 수 있는 자유, 그리고 자신만의 삶을 영유할 자유는 왕권에 의해 크게 제약받았을 것입니다.

그리고 미국이 형성되었습니다.

이곳은 운명이란 종착역이 아니라, 이 새로운 변경에서 모든 역경을 극복하고 "더 완벽한 연방"을 세울 수 있다고 믿을 정도로 담대함과 무모함을 지닌 이들에 의해 함께 나누고, 형성하고, 새롭게 만들어지는 여행인 곳이었습니다.

그리고 어떤 사상을 위해 제국을 무너뜨린 비천한 식민지 개척자들의 이야기를 들은 전세계 각지의 사람들이 이곳으로 오기 시작했습니다. 수세대에 걸쳐 그리고 대양을 넘어서, 그들은 보스턴과 찰스턴, 시카고와 세인트루이스, 캘러머주와 게일스버그에 정착해 자신들의 어메리칸 드림을 만들고자 노력했습니다. 이러한 여러 사람들의 꿈은 불완전하게 나아갔습니다. 그 꿈은 우리가 원주민들을 대한 방식에 의해 상처받았고, 노예제도로 인해 배신당했으며, 여성의 낮은 지위로 인해 먹구름이 드리워졌고, 전쟁과 공황으로 인해 흔들렸습니다. 하지만 벽돌 하나하나, 열차 하나하나, 못이 박힌 손 하나하나를 모아, 사람들은 꿈꾸고, 건설하고, 일하고, 행진하고, 정부에 탄원하여, 역사에서 우리의 자리에 대한 질문이 누군가에 의해 우리를 위해 나오지 않은 곳으로 미국을 만들었습니다. 그 대답은 우리에 의해서 나왔습니다.

우리는 가끔씩 실패를 하기도 했을까요? 물론입니다. 여러분은 당신만의 미국으로의 여행을 떠날 때 가끔씩 실패를 하게 될

까요? 아마 그럴 겁니다. 하지만 그 시험은 완벽하지 않습니다.

미국의 이상이 제기하는 진정한 시험은 우리가 우리의 실패를 인지할 수 있는가, 그리고 우리 시대의 도전에 함께 일어나 맞설 수 있는가입니다. 우리가 여러 사건들과 역사에 의해 영향을 받는가, 아니면 우리가 그러한 사건과 역사들에 영향을 줄 수 있는가 일 것입니다. 출생과 환경의 우연함이 인생의 승자와 패자를 결정하는가, 아니면 최소한 모든 이들이 열심히 일하고, 발전하고, 자신의 꿈에 도달할 수 있는 사회를 우리가 건설할 수 있는가일 것입니다.

우리는 이전에 이러한 선택에 직면했습니다.

남북전쟁이 끝났을 때, 농부들이 미국 전역에 걸쳐 늘어나고 있던 큰 공장에서 일하기 위해 도시로 가족을 거느리고 이주하기 시작하던 그 때에 우리는 선택을 해야만 했습니다. 우리는 재계의 거물들과 악덕 자본가들이 누가 더 낮은 임금과 나쁜 노동환경을 조성할 수 있는지를 경쟁하면서 경제와 노동자들 위에서 으스대도록 아무것도 안하고 가만히 있을 것인가? 아니면 우리는 시장에 기본적인 규칙을 세우고, 최초의 공립학교를 세우며, 독점을 부수고, 노동자들이 노조를 조직하도록 함으로써 체제가 작동하도록 노력할 것인가?

우리는 행동할 것을 선택했습니다.

이성이 마비된 것처럼 보이는 1920년대의 윤택함이 주식시장과 함께 무너져내렸을 때, 우리는 선택을 해야만 했습니다. 우리는 아무 것도 하지 않을 지도자들을 따를 것인가? 아니면, 어쩌면 자신의 신체적 마비상태 때문인지도 모르겠지만 정치적 마비상태를 받아들이기를 거부한 지도자를 따를 것인가?

우리는 행동할 것을 선택했습니다. 시장을 규제하고, 사람들을 일터로 돌려보냈으며, 의료보장과 안정된 노후를 포함한 교섭권을 확대하였고, 그리고 우리는 함께 일어났습니다.

그리고 제2차 세계대전으로 인해 역사상 가장 큰 규모의 후방 동원이 필요하고 우리 미국인 각자가 이에 동참할 것이 필요했을 때, 우리는 선택을 해야만 했습니다. 회의에 찬 사람들이 그렇게 많은 탱크와 비행기를 만드는 것이 가능하겠냐고 하는 말을 들을 것인가? 아니면 루즈벨트의 민주주의의 병기창 정책을 옹호하고, 전쟁터에서 돌아온 영웅들에게 대학교육과 자기의 집을 소유할 수 있는 기회를 줌으로써 우리 경제를 더욱 성장시킬 것인가?

다시 한번, 우리는 행동할 것을 선택했고, 다시 한번, 우리는 함께 일어섰습니다.

오늘, 21세기를 시작하는 이때에 우리는 다시 한번 선택을 해야 합니다. 하지만 이번에는, 선택은 바로 여러분의 몫입니다.

이곳 게일스버그의 여러분은 이 새로운 도전이 무엇인지를 아실 겁니다. 여러분들은 이미 보았습니다. 여러분 모두는 대학 신입생이던 해의 9월 11일에 어떤 일이 벌어졌는지를 보았습니다. 현재 벌어지고 있는 테러와의 전쟁과 여러분의 삶이 어느 정도 수준으로 얽히게 될 것인지는 이미 주지되었습니다. 하지만 또한 여러분이 본 것 중 아마도 그다지 극적이지는 않았을 것은, 여러분이 점심시간 즈음에 오래된 메이텍 사의 공장 주변을 차로 운전해보면 아무도 밖으로 나오지 않는다는 사실입니다. 저는 그것을 선거기간 동안에 그 공장에서 20~30년간 일한 노조원들을 만났을 때 보았으며, 그들이 55세가 되었을 때 연금이나 의료보장 없이 무엇을 할지 의문이었습니다. 그리고 아들이 간 이식을 받아야 하는데 해고를 당해서 아들에게 의료보장의 비용을 부담할 수 없었던 어떤 남자를 만났을 때 그가 무엇을 할지 의문이었습니다.

그것은 마치 게임 중간에 누군가가 규칙을 바꾸었는데 아무도 그 사실을 사람들에게 이야기하지 않는 것과 같습니다. 그리고 사실 그 규칙은 정말 바뀌었습니다.

그것은 기술과 자동화로 인해 많은 직업들이 사라진 것으로 시작되었습니다. 여기 계신 분에게 묻는데 가장 마지막으로 ATM을 이용하는 대신에 은행직원 앞에서 줄을 선 게 언제입니까? 아니면 전화교환원과 이야기한 것은요? 그리고 이러한 일은 메이텍 같은 회사가 미국보다 노동자의 임금이 싼 저개발 국가들로 공장을 이전하면서 계속되었습니다.

토머스 프리드먼이 그의 신작 『세계는 평평하다』에서 지적하고 있듯이, 지난 수십 년간 이러한 힘들, 즉 기술과 세계화는 이전과는 전혀 다른 모습으로 결합했습니다. 그래서 우리 대부분이 기술이 우리의 삶을 얼마나 편리하게 해주었는지에 정신을 쏟는 동안, 다시 말해 블랙베리로 이메일을 보내거나 휴대전화로 인터넷을 검색하거나 세계 도처에 있는 친구들과 메신저로 대화하는 것에 정신을 쏟는 동안, 조용한 혁명이 장벽을 무너뜨

13

리고 세계의 경제권들을 연결시켰습니다. 현재 기업은 공장이 있는 곳뿐만 아니라 인터넷이 연결되는 곳이라면 어디라도 일터를 이전할 수 있습니다.

인도와 중국과 같은 나라들은 이것을 실현하고 있습니다. 그들은 자신이 값싼 노동력이나 값싼 수출품의 원천일 필요가 없다는 사실을 알고 있습니다. 그들은 우리와 세계적 수준에서 경쟁할 수 있습니다. 그들이 필요로 하는 자원은 숙련된 높은 교육수준의 노동자입니다. 그래서 그들은 어린이들을 일찍부터 많이 교육하고 특히 수학과 과학, 기술 부분에 중점을 두어 교육해서 그 아이들이 그럴듯한 삶을 영위하기 위해 반드시 미국으로 갈 필요는 없고 그냥 그곳에 있어도 된다는 것을 깨닫도록 합니다.

결과는요? 중국에서는 미국보다 4배 많은 엔지니어들이 대학을 졸업합니다. 메이텍에서 일하는 사람들만 중국과 인도와 인도네시아나 멕시코의 노동자들과 경쟁하는 것이 아닙니다. 여러분도 같은 처지입니다. 오늘날 회계법인들은 여러분의 납세신고서를 인도에 있는 근로자들에게 이메일로 보내는데, 그곳에서 일하는 사람들은 그걸 계산한 후 결과물을 일리노이 주나 인디아나 주에서 일하는 사람만큼이나 빨리 보내올 것입니다.

보스턴의 한 공항에서 짐을 잃어버렸다면 그것을 찾는 과정에서 여러분은 인도 방갈로르에 있는 사람에게 전화를 하게 될 것인데, 그 사람은 볼티모어로 전화를 함으로써 짐을 찾을 것입니다. AP통신사조차 일자리 중 일부를 세계 도처의 작가들에게 외주를 주어서 마우스 클릭 한 번에 이야기 하나를 보내올 수 있도록 했습니다.

토니 블레어 총리가 말했듯이 신경제 하에서 "재능은 21세기의 부"입니다. 만약 여러분이 기술을 지녔다면, 교육을 받았다면, 그리고 그 둘을 향상시킬 수 있는 기회를 얻는다면, 여러분은 어디에서든 경쟁에서 승리할 수 있을 것입니다. 만약 그렇지 않다면, 실패란 이전과는 다르게 훨씬 심각하게 다가올 것입니다.

그러면 우리는 이에 어떻게 대처 하냐고요? 이 새로운 세계경제에서 미국은 어떻게 길을 찾을까요? 역사에서 우리의 자리는 무엇일까요?

미국에 관한 이야기가 그랬듯이 다시 한번, 우리는 선택에 직면했습니다. 다시 한번, 우리 주변에는 국가로서 우리가 이것에 대해 할 수 있는 것은 별로 없다고 믿는 사람들이 있습니다. 그들에게 있어 가장 좋은 것은 세금우대의 형식을 통해 정부로부터 각자의 몫 만큼 세금을 돌려받고는, 각자가 자신의 의료보장과 은퇴후 노후보장을, 아동복지를, 교육 등등을 스스로 해결한다는 것입니다.

워싱턴에서, 그들은 이러한 것을 소유사회라고 부릅니다. 하지만 과거에 그것에 대한 다른 용어가 존재했습니다. 사회적 다원주의, 즉 모두는 자기 스스로 자신을 책임진다는 것이죠. 이것은 그럴듯하게 들립니다. 왜냐하면 깊은 생각이나 독창성을 필요로 하지 않기 때문입니다. 소유사회에서는 의료보장이나 학비가 감당할 수 있는 정도보다 훨씬 빨리 오를 경우 이렇게 말할 수 있습니다. 운이 없으시군요. 소유사회에서는 메이텍 사의 노동자들이 직업을 잃었을 때 이렇게 말할 수 있습니다. 인생은 공평하지 않습니다. 소유사회에서는 가난한 집에서 태어난 아이에게 이렇게 말할 수 있습니다. 혼자 힘으로 성공해라. 그리고 소유사회가 특히 그럴듯하게 들리는 것은, 우리는 스스로가 인생의 제비뽑기에서 승자가 될 수 있고 자기 자신이 제2의 도널드 트럼프가 될 수 있다고 항상 믿기 때문입니다. 아니면 최소한 도널드 트럼프에게 "너는 해고야"라는 소리를 듣는 바보는 아닐 거라고 믿기 때문이지요.

하지만 문제가 있습니다. 소유사회는 작동하지 않을 것입니다. 그것은 우리의 역사를 무시합니다. 그것은 철로와 인터넷을 가능하게 했던 것이 정부에 의한 조사와 투자였다는 사실을 무시합니다. 충분한 급여와 복지혜택과 공립학교를 통해 수많은 중산층이 생김으로써 우리가 번영할 수 있었습니다. 우리 경제의 의존성은 개인의 독창성에 놓여있었습니다. 그것은 자유경제에 대한 믿음에 놓여있었습니다. 하지만 또한 상호간의 배려와 모든 이가 조국에 대해 기여하는 각자의 몫이 있다는 생각, 우리 모두가 한 덩어리이며 모두에게는 기회를 추구할 권리가 있다는 생각에 놓여있었습니다.

그리고 우리가 세계화 앞에서 아무것도 하지 않는다면, 많은 사람들이 계속해서 자신의 의료보장을 잃게 될 것입니다. 여러분이 곧 받게 될 학위를 딸 여유가 있는 아이들은 적어질 것입니다.

유나이티드 항공 같은 많은 회사들은 직원들에게 연금을 지급하지 못할 것입니다. 그리고 메이틱 사의 노동자들은 세계시장에서 팔고 사는 것이 가능한 기술을 가진 다른 여타 노동자들과 함께 실업자의 대열에 합류할 것입니다.

그래서 오늘 저는 여기에서 여러분들 대부분이 이미 알고 있는 것을 이야기하려 합니다. 제가 방금 언급했던 방안 중 한 가지를 우리는 선택하지 않을 것입니다. 아무것도 하지 않는 것을 말입니다. 그리고 이야기는 이렇게 끝나지 않을 것입니다. 이 나라에서는 그렇다는 식으로 말입니다. 미국은 큰 꿈을 지닌 사람들과 큰 희망을 지닌 사람들의 땅입니다.

이 희망이 혁명과 남북전쟁, 공황과 세계대전, 민권과 사회권을 향한 노력과 핵 위기의 고비를 통틀어 우리를 지배했습니다. 그리고 이것은 우리가 이전보다 더욱 단결하고, 더욱 번영하며, 더욱 열망하면서 여러 난제들에 맞섰기 때문입니다.

그러니 우리 꿈을 꿉시다. 아무것도 하지 않거나 그저 20세기에 통했던 해결책에 의존하는 대신에, 21세기에 우리가 미국인 모두에게 투쟁할 기회를 줄 수 있는 것을 상상합시다.

만약 우리가 미국의 모든 어린이들이 신경제 하에서 경쟁하는 데 필요한 교육과 기술들을 준비했다면 어땠을까요? 만약 우리가 대학에 가기를 원하는 이들이 충분히 부담할 정도로 학비를 유지했다면 어땠을까요? 만약 우리가 메이틱 사의 노동자들에게 다가가 "여러분이 종사하던 구식 일자리는 다시는 얻지 못할 것입니다. 하지만 저희가 여러분에게 평생교육을 제공함으로써 새로운 일자리를 얻을 수 있을 것입니다"라고 말했다면 어땠을까요? 녹스 대학이 견고한 미래(Strong Futures) 장학프로그램과 함께 만든 그런 기회들 말입니다.

만약 여러분이 어디서 일하든지 아니면 얼마나 직장을 많이 옮겼든지 간에 항상 건강보험과 연금 혜택을 보장받을 수 있다면, 그래서 여러분 모두가 더 좋은 직장으로 언제든 옮길 수 있고 아니면 새로운 사업을 자유롭게 시작할 수 있다면요? 만약에 연구개발과 과학 분야의 예산을 삭감하는 대신에 미래의 새 직장과 새 산업을 창조할 수 있는 재능과 혁신을 뒷받침해주었다면 어땠을까요?

바로 지금, 미국 전역에 걸쳐 놀라운 발견이 이루어지고 있습니다. 우리가 이런 발견들을 국가적 차원에서 지원했다면, 만약 우리가 이러한 가능성에 투자하기로 마음을 먹었다면, 게일스버그 같은 소도시에 어떤 일들이 벌어졌을지 한 번 상상해보십시오. 10~20년 후에는 오래된 메이텍 사의 공장이 곡물을 연료로 변화시키는 에탄올정련소로 다시 문을 열 수 있을 것입니다. 거리에는 암 치료제를 연구하는 생명공학연구소가 들어설 수 있을 것입니다. 그리고 그 옆에는 신생 자동차회사가 전기자동차를 신나게 생산해내느라 바쁠 것입니다. 그리고 새롭게 생겨난 일자리는 새로운 기술과 세계적 수준의 교육으로 훈련받은 미국인 노동자들로 채워질 것입니다.

이 모든 것이 가능하지만 그 어느 것도 쉽게 이루어지지 않을 것입니다. 우리 모두는 더 열심히 일하고, 더 많이 독서하고, 더욱더 자신을 훈련시키고, 더 많이 생각을 해야만 할 것입니다. 우리는 나쁜 버릇들을 떨쳐내야 할 것입니다. 예를 들어 연료를 많이 소비하는 차량을 운전하는 것은 우리 경제를 악화시키고 외국의 경쟁자들을 살찌우는 것입니다. 우리의 아이들은 TV와 비디오 게임 대신 열심히 공부를 해야 할 것입니다. 우리는 공립학교 같은 옛 기준에 맞추어 고안된 기구들을 개혁해야 할 것입니다. 민주당은 옛 정책을 단순히 지키는 것 이상을 해야 한다는 사실을 인정해야 하고 공화당은 집단적인 책임을 인식해야 할 것입니다.

쉽지 않을 것입니다. 하지만 할 수 있습니다. 이 모든 것이 우리의 미래가 될 수 있습니다. 우리는 재능과 자원과 두뇌를 지니고 있습니다. 하지만 지금 우리에게는 정치적 의지가 필요합니다. 우리에게는 국가적 헌신이 필요합니다.

그리고 우리에게는 여러분 하나하나가 필요합니다.

지금, 그 누구도 여러분에게 이러한 도전에 맞서라고 강요하지는 않습니다. 여러분이 원한다면 오늘 여기를 떠나서 게일스버그 같은 소도시와 그곳의 문제는 잊어버릴 수 있습니다. 현실에서는 지역사회에 대한 공공업무에 대해 관심을 가지라고 강요하지 않습니다. 여러분은 졸업장을 가지고 이곳을 빠져나간 후, 큰 집과 멋진 정장과 이 배금주의적 문화가 여러분이 원해야 하고, 갈망해야 하고, 구입을 해야만 한다고 속삭이는 다른 여러 가지 것들을 쫓아갈 수 있습니다.

하지만 저는 여러분이 도전을 피하지 않기를 바랍니다. 인생의 초점을 돈을 버는 데에만 맞춘다면 그것은 야망이 부족해서일 것입니다. 돈만 쫓기에는 여러분은 훨씬 큰 존재입니다. 여러분은 우리가 한 국가로서 직면하고 있는 도전을 받아들이고 그 도전을 바로 여러분 자신의 것으로 삼을 필요가 있습니다. 여러분이 도움을 준 이들에게 빚을 지고 있기 때문에 그런 것은 아닙니다. 물론 여러분은 그들에게 빚을 진 것이 분명하지만요. 여러분보다 불운했던 이들에게 책임이 있기 때문도 아닙니다. 물론 여러분에게는 분명히 책임이 있지만 말입니다. 개인적인 구원은 늘 집단적인 구원에 의지해 왔기 때문입니다. 여러분이 자신의 진정한 잠재력을 깨닫는 것은 여러분 자신보다 큰 것에 뜻을 품을 때에만 가능하기 때문입니다.

여러분이 그 큰 도전에 대해 어떻게 내가 그걸 할 수 있는가하고 의문을 가진다는 것을 알고 있습니다. 그 도전들은 한 사람이 변화를 가져오기에는 너무 어려운 것으로 보입니다.

하지만 우리는 할 수 있음을 압니다. 왜냐하면 여러분이 앉아 있는 곳, 바로 이곳이 예전에 그런 일이 있었던 곳이기 때문입니다.

거의 2세기 전에, 시민권, 투표권, 에이브러햄 링컨, 남북전쟁 같은 것들이 생겨나기 훨씬 전에, 미국은 노예제라는 죄악으로 인해 더럽힘을 당했습니다. 남부 대농장의 무더위 속에서 저 같은 외모를 한 남녀들이 그들이 팔려온 이곳에서 고통과 굴종의 삶으로부터 헤어나지 못했습니다. 그리고 해가 갈수록 이 윤리적 암세포는 자유와 평등과 같은 미국의 이상을 좀먹었으며 국가 전역은 침묵을 지켰습니다.

하지만 미국인들은 계속 침묵만 지키지 않았습니다.

20

노예제 폐지론자들은 하나씩 일어나 동포들에게 이것은 역사 속에서의 우리 자리가 아니라고 주장했습니다. 이것은 세계가 상상했던 미국이 아니라고 말입니다.

이에 대한 저항은 격렬했고 어떤 이들은 그들의 목숨을 바쳐야 했습니다. 하지만 그들을 결코 멈추게 할 수 없었고 그들의 주장을 위해 싸우는 이들은 전국에 걸쳐 나타났습니다. 뉴욕의 한 남자가 서쪽으로 갔고 초원을 가로질러 공동체를 이루기 위해 일리노이 주까지 왔습니다.

그리고 이곳 게일스버그에서 자유는 자신의 집을 찾았습니다.

흑인노예들의 탈출로에서 일리노이 주 거점이었던 이곳 게일스버그에서, 탈출한 노예들은 거리를 자유롭게 배회하고 사람들의 집에서 쉴 수 있었습니다. 그리고 그들의 주인이나 경찰이 쫓아오면, 이곳 사람들은 그들이 북쪽으로 갈 수 있도록 도왔으며, 어떤 이들은 문자 그대로 노예들을 안고 자유를 향해 갔습니다.

그들이 감수했던 위험을 생각해보십시오. 도망자를 돕다가 잡히면 교도소로 가거나 린치를 당할 수도 있었습니다. 사람들은 그저 모른 척 할 수도 있었을 것입니다. 자기 일만 하면서 말입니다.

하지만, 그들은 그렇게 하지 않았습니다. 왜일까요?

왜냐하면 그들은 우리 모두가 한 미국인이라는 것을, 우리 모두가 한 형제자매임을 알았기 때문입니다. 한 세기 후에 민권운

21

동을 위해 프리덤 라이드 운동을 통해 남부로 떠났던 젊은 남녀들도 역시 같은 이유에서 행동했습니다. 흑인 여성들이 하루 종일 세탁소와 주방일을 하고 나서 버스를 타는 대신 걷기로 한 것도 역시 같은 이유에서입니다. 그들은 자유를 향해 행진하고 있었기 때문입니다.

여러분이 오늘 이곳을 떠나면 이 원칙들이 여러분 모두의 삶과 이 나라 안에서 살아있기를 희망합니다. 여러분은 많은 시련을 겪을 것이고 항상 성공하지는 못할 것입니다. 하지만 여러분은 그 원칙들을 시도하고자 하는 힘을 지니고 있습니다. 여러분 이전 세대도 똑같은 공포와 불안을 경험했습니다. 그리고 우리 모두의 노력과, 그리고 신의 섭리와, 어려움을 나누려는 우리의 의지를 통해서, 미국은 저 멀리 보이는 더 나은 날들을 향한 값진 여행을 계속할 것입니다.

2005년도 졸업생 여러분에게 감사드리고 졸업을 축하드립니다. 감사합니다.

02. 조지 부시 (George W. Bush, 1946. 7. 6 - 현재)

다른 사람의 삶에 변화를 가져다주는 목적과 자격을 갖춘 삶을 사십시오.

현재 미국의 43대 대통령이며, 텍사스 주의 46대 주지사를 지냈다. 41대 대통령인 조지 H. W. 부시의 장남으로 코네티컷 주에서 태어났다. 2000년 11월 7일 치러진 대선에서 민주당 후보 앨 고어를 선거인단 수에서 꺾고 당선되었으며, 2004년 11월 2일 치러진 선거에서도 민주당 존 케리를 누르고 재선됨으로써 미국 역사상 최초로 부자(父子) 대통령 중 재선되는 영광을 안았다.

2001년 9월 11일에 일어난 테러사건 이후 아프가니스탄을 공격해 탈리반 정권을 전복시켰으며, 2003년 3월에는 이라크가 유엔 안보리 결의안 1441호를 위반했다는 명목 하에 이라크에 대한 침공을 감행했다. 이라크에 대한 전쟁 수행과 국내 경제정책에 대한 비판에도 불구하고 2004년 존 케리를 누르고 재선되었지만 이후 국내 지지도는 90%에서 26%로 급격하게 떨어졌다. 이는 지난 35년 동안 미 대통령 재임 역사상 가장 낮은 지지도로 기록되고 있다.

이 연설은 2007년 5월 11일 세인트 빈센트 대학(St. Vincent College)에서 행한 졸업축사이다.

모 두 감사합니다. 자리에 앉으십시오. 따뜻한 환영에 감사드립니다. 더글러스 총원장님, 총장이신 짐과 메리 토이, 교수님들, 성직자 여러분, 부모님들, 그리고 무엇보다도 중요한 2007년 졸업생 여러분. 초대해주셔서 감사합니다. 이곳에 오게 되어 영광입니다.

로라와 저는 토이 부부를 통해 세인트 빈센트 대학과 매우 특별한 관계를 맺고 있다고 생각합니다. 우리는 짐과 그의 가족을 그가 워싱턴에 있을 때 알게 되었습니다. 그는 신앙에 기초한 정책 발의 백악관 사무국의 국장이었습니다. 그리고 그는 현재 또 다른 일을 하고 있습니다. 그러니 오늘, 저는 그의 가족과 친구들 앞에서 짐을 이렇게 부르고 싶습니다. 짐은 아마 제가 자신을 이렇게 부르리라고는 생각도 못했을 겁니다. 미스터 프레지던트(Mr. President)라고요.

제가 하는 말에 담긴 중요성을 그가 잘 알고 있다고 생각합니다. 그는 제 스타일을 잘 압니다. 최근에 그가 오늘 졸업식에 초대하기 위해 저에게 보낸 편지에 제가 크게 감동받았다는 것을 여러분 모두가 알아주셨으면 합니다. 총장님이 쓴 편지의 내용은 다음과 같습니다. "대통령님, 귀하가 연설하는 것을 들으면 2007년도 졸업생들은 영어의 중요성에 대한 귀중한 교훈을 얻고 이 캠퍼스를 떠나게 될 것입니다." 최소한 이렇게 쓰지는 않으셨죠. "처음으로 영어가 제2외국어인 대통령을 연단으로 모시게 된 것을 자랑스럽게 생각합니다." 저는 전화를 걸어서 제 연설이 무엇에 관한 것이어야 하는지를 물어보았습니다. 제가 물어본 것은 제 연설이 무엇에 관한 것이어야 하는지였고, 짐은 이렇게 말했습니다. "약 10분간입니다." 그러니 시작하겠습니다.

지금은 2007년 졸업생 여러분에게 자랑스러운 순간입니다. 학교 역사상 가장 많은 사람이 졸업을 합니다. 팝콘을 만들려다 화재 경보를 작동시킨 횟수의 기록을 세워서 처음으로 전자렌지 사용법을 필수과목으로 듣게 된 졸업생들이기도 하지요. 여러분은 캐리 크레이지스(Carey Crazies) 응원단과 함께 베어캣츠(Bearcats) 야구팀을 응원했죠. 여러분은 멜빈 플라츠(Melvin Platz) 건물의 불켜진 아치 사이를 걸어다니곤 했구요. 여러분 중 일부는 가족들 사이에서 최초로 대학에 간 사람입니다. 몇 분 후면 여러분은 자신의 학위를 받고, 아베 마리아 종(Ave Maria Bell)이 울리는 가운데 인생의 좋은 기억을 간직하며 이 캠퍼스를 떠날 것입니다. 여러분은 열심히 노력했습니다. 그리고 우리는 훌륭한 성취를 축하하기 위해 여기 모였습니다.

또 저는 오늘을 위해 도움을 주신 많은 분들에게 축하를 드립니다. 학비를 대주었고, 심지어는 전화요금 청구서를 받고나서도 인내심을 잃지 않았던 부모님들에게 먼저 축하를 드립니다. 졸업생 여러분들이 탄탄하고 내실 있는 학위를 받을 수 있도록 애써주신 세인트 빈센트 대학의 교수님들에게도 축하드립니다. 대수도원의 수사들에게도 감사드립니다. 그들의 기도가 오늘 수여되는 학위에 분명 영향을 주었을 것입니다. 그리고 저는 2007년 졸업생 여러분에게 이 훌륭한 분들이 계속해서 여러분을 자랑스러워하게 해달라고 부탁드립니다. 그리고 여러분이 여기서 배운 것을 세상을 치유하는 데 사용하고, 항상 이 학교가 지향하는 고귀한 이상에 따라 사시기를 부탁드립니다.

그 고귀한 이상의 중심에는 베네딕트라는 이름이 있습니다. 베네딕트는 공동체 생활에 대한 실질적 지침을 만든 성인이고 서구 문명을 구한 분입니다. 베네딕트는 미국 땅에 이러한 이상을 적용하고자 했고, 이 대학을 세운 이들에게 영감을 제공한 분입니다. 그리고 베네딕트는 현재 세계가 그 어느 때보다도 필요로 하는 자비와 공동체의 이상을 내포한 베네딕트회의 정신을 기리고자, 그 분의 이름을 사용하도록 교황에게 영감을 준 분입니다.

자비와 공동체의 이상은 미국인들에게 특별한 울림을 줍니다. 그 시작에서부터 미국은 세계에 강한 공동체적 삶의 새로운 모델이 되었습니다. 19세기 초반에 알렉시스 드 토크빌이라는 프랑스인이 미국을 방문했습니다. 그는 미국인들이 자발적으로 협력해 곤경에 처한 이웃을 돕는 것을 보고 크게 감명 받았습니다. 그리고 그의 책 『미국의 민주주의』에서 그는 이 위대한 나라의 정신을 포착했습니다. 그는 다음과 같이 기록했습니다. "한 미국인이 다른 동료 시민들에게 협력을 요청하면 그것을 거절하는 경우는 거의 없다. 만약 한 가정에 크고 급작스러운 재난이 닥치면 수천 명의 낯선 이들이 스스럼없이 지갑을 연다."

토크빌은 19세기 초반 미국이 가지고 있던 선한 마음을 보았습니다. 그리고 우리는 21세기 초반에도 미국의 선한 마음을 보고 있습니다. 우리는 많은 시민들이 우리 영토 안에서 벌어진 잔악한 행위에 대해 이타심과 연민에 찬 행동으로 대응하는 것을 보았습니다. 아프리카에서 배고픈 이에게 먹을 것을 주고 말라리아를 퇴치하며, 에이즈(HIV/AIDS)의 창궐을 없애려는 노

26

력을 통해서, 가난과 고통을 경감시키기 위해 우리나라가 만든 새로운 역사적 노력에서 우리는 그러한 마음을 봅니다.

우리는 신앙에 기초한 정책 발의 백악관 사무국에서 근무하는 자원봉사자들을 보면서 그것을 알 수 있습니다. 이웃을 내 몸같이 사랑하라는 가르침에 따라 사는 착하고 점잖은 사람들이지요. 오늘날 6,100만 명 이상의 미국인 자원봉사자들이 다른 이들에게 봉사하고 있고, 우리 국민들의 약 3/4 이상이 자선 행위를 하고 있습니다. 미국의 자원봉사 정신은 우리 고유의 것이며, 우리나라의 진정한 힘을 반영하는 것이고, 꾸준히 활력을 얻고 새로워져야 하는 것입니다.

그리고 이것이 우리나라의 젊은이들이 한 발 더 나아가 자기 자신보다 더 큰 대의에 봉사해야 하는 이유입니다. 여러분이 동료 시민들에게 봉사할 때, 상상도 못할 큰 이득을 얻게 될 것입니다. 누군가의 삶을 변화시키는 것은 그들을 돌보는 사람이라는 것을 알게 될 것입니다. 친절과 존중이 한 인간의 삶에 큰 변화를 가져온다는 것을 보게 될 것입니다. 여러분은 정부가 무언가 하기를 기다리는 대신에 주도권을 쥐는 법을 배우게 됩니다. 타인에 대해 더 관심을 가지게 되고, 친구와 가족들에게 더 좋은 사람으로서 기억되며, 조국의 훌륭한 시민이 됩니다. 자신이 가지고 있는 어려움들도 바로 보이기 시작합니다. 그리고 곧 여러분은 큰 진실을 배우게 됩니다. 여러분이 봉사를 하면 항상 남에게 주는 것 이상을 얻게 된다는 것을.

여러분 세대의 봉사하고자 하는 마음은 우리나라의 성격을 규정할 것입니다. 그리고 우리 나이 많은 사람들이 이를 확신할 수 있는 이유가 있습니다. 현재 대학에 있는 미국인들은 이전 세대들보다도 훨씬 더 자원봉사나 시민으로서의 삶에 참여하고 자 합니다. 이곳 세인트 빈센트 대학에서 여러분은 교실 밖에서의 봉사가 교실에서 배운 것만큼이나 중요하다는 것을 배웠습니다. 여러분에게 주어진 과제는 여러분이 새 직업을 가지고, 가정을 꾸미는 등 새로운 삶을 시작하더라도 이것을 계속 유지해야 한다는 것입니다. 그래서 오늘 저는 여러분이 봉사라는 것을 이력서에 기재되는 한 줄 이상의 것으로 만들어주시기를 부탁합니다. 아직 해결되지 않고 있는 문제를 찾아보십시오. 그것을 해결하기 위해 자신의 본분을 다하십시오. 그래서 우리나라에 변화를 가져오십시오.

저는 2007년도 졸업생 여러분이 저의 요청에 응답하는 것을 보니 기쁩니다. 오늘 졸업생 여러분 중 다섯 학생은 군복을 입기로 자원하셨습니다. 여러분은 전쟁 시기에 군에 입대하는 것의 위험을 알고 있습니다. 그리고 여러분은 이 위험을 감수하기로 했습니다. 여러분은 고결한 소명을 선택한 것입니다. 어느 때는 다른 남녀의 생명이 여러분의 손에 달린 때가 올 것이고, 그들은 충분한 자격과 이타심을 지닌 지휘관을 원할 것입니다. 군통수권자로서 저는 여러분의 입대에 경의를 표하며, 전능하신 하느님에게 저는 여러분이 우리나라를 안전하게 하는 것만큼 여러분을 하느님의 곁에 가까이 두실 것을 부탁드리겠습니다.

우리나라에 봉사하는 데에는 여러 가지 방법이 있습니다. 이 위대한 기회의 땅에서 우리 시민들 곁에는 도움을 필요로 하는 많은 사람들이 있습니다. 그리고 그 도움을 필요로 하는 이들에게 봉사하고자 하는 길이 있습니다.

여러분 중 어떤 이들은 교사로서의 길을 선택했습니다. 우리 모두에게는 우리 삶에 변화를 준 선생님이 존재합니다. 제 경우에는 저와 결혼한 사람이 그렇습니다. 영부인은 저에게 누군가를 가르치는 일은 단순한 직업 이상의 의미를 가진 소명이라는 것을 보여주었습니다. 여러분이 교사가 되겠다고 결심했을 때, 여러분은 그 대가가 돈보다 더 큰 무엇이라는 것을 알고 있었습니다. 학생들이 어려운 개념을 이해했을 때나 어떤 시를 읽을 때, 아니면 역사가 현재에 대해 어떤 의미를 가지는지를 발견했을 때와 같은 멋진 순간에 그 큰 대가가 찾아옵니다. 단 한 명의 아이를 가르쳐도 특별한 행위입니다. 교직 생활을 하면서 수백 명의 아이들을 가르쳐도 다른 직업에선 찾기 힘든 만족을 얻게 될 것입니다.

가르침의 장점은 그 대가가 어떤 교실에서도 발견될 수 있다는 것입니다. 여러분 중 일부는 뉴저지에서 가장 가난한 지역에 있는 남자 학교인 세인트 베네딕트 학교를 방문했을 때 그것을 알게 되었을 것입니다. 그곳에 있는 많은 소년들에게 세인트 베네딕트 학교는 그들을 둘러싼 범죄와 마약, 절망 상태로부터의 유일한 안식처입니다. 크리스마스 때마다 세인트 빈센트 대학 학생들은 그곳 어린 학생들을 찾아가 멘토 역할을 합니다.

여러분의 동기인 앤소니 피우마라는 세인트 베네딕트 학교에서 두 차례 일했습니다. 그는 그때의 경험을 다음과 같이 기술했습니다. "나는 항상 내가 교사가 되기를 원한다는 것을 알았다.

하지만 세인트 베네딕트 학교에서의 내 경험은 교사가 단순히 지식의 전수자 이상이어야 한다는 것을 말해준다. 대학에 진학하는 꿈에 대해 이야기하는 학생들과 대화하면서, 나는 내가 교사로서 그들이 자신의 꿈을 실현하는 데 도움을 주는 사람이 되어야겠다고 생각했다."

우리나라는 앤소니 같은 교사들을 더 필요로 합니다. 저는 이번 졸업생 중 거의 40여 명에 가까운 인원이 교직을 선택했다는 사실을 알고 매우 기뻤습니다. 감사합니다. 교사의 길을 가려는 여러분에게, 저는 여러분이 맡은 교실에 높은 기준을 세워주기를 부탁합니다. 배우려는 열의가 없는 학생들의 완고함에 저항하십시오. 학생들을 존중하며 지도하십시오. 그리고 이 고귀한 직업으로 여러분을 이끌었던 이상을 항상 기억하십시오.

여러분 중 몇몇은 어떤 봉사를 해야 할지 아직 결정하지 못했을 것입니다. 그래도 괜찮습니다. 정부가 여러분의 마음에 사랑을 넣어줄 수는 없습니다. 하지만 여러분이 사랑을 찾고 의지를 찾았을 때, 우리는 그것을 실현하는 것을 도와줄 수 있습니다. 바로 그것이 총장님이 일했던 신앙에 기초한 정책 발의 백악관 사무국을 제가 만든 이유입니다. 그 기관을 통해서 우리는 사회복지에 책정된 연방자금이 결과를 가져올 수 있는 조직으로 갈 수 있는지를 보증합니다. 그 조직이 기독교 조직이나 유대교 조직이라도 말이지요.

우리는 또한 국내나 국외로 미국의 위로와 친절을 보여줄 자원봉사자들을 동원하는 미국 자유군단이라는 기관을 설립했습니다. 오늘날 수천 명의 자원봉사자들이 아이들을 지도하고, 노인들을 도우며 병원과 학교를 세우고, 자연재해가 난 곳에 달려갑니다. 여러분의 관심이 무엇이고 여러분이 가진 기술이 무엇이든지, 여러분 모두에게는 바로 우리나라의 이 군대, 연민의 군대에 자리가 마련되어 있습니다.

여러분은 직업적으로 봉사를 할 수는 없다 할지라도 봉사생활을 할 수 있습니다. 우리는 그에 대한 사례를 토이 총장님의 영웅인 테레사 수녀에게서 볼 수 있습니다. 테레사 수녀의 전생애는 작은 일들을 큰 사랑으로 수행하는 데에 바쳐졌습니다. 저는 총장님이 이번 달 말 학생들을 캘커타로 데려간다는 사실에 기쁨을 느낍니다. 저는 이 여행이 새로운 세대로 하여금 그녀의 선행을 이을 수 있도록 했으면 하고 생각합니다. 테레사 수녀에 대한 거의 모든 다큐멘터리에서, 여러분은 그녀가 심하게 고통받거나 죽어가는 이들의 곁에 있는 것을 보았습니다. 그녀는 매우 따뜻한 태도로 그들의 손을 꼭 쥐면서 위로의 말을 속삭입니다. 그들의 놀란 눈을 보면 마치 태어나서 처음으로 사랑을 받는 사람들 같습니다. 그들이 테레사 수녀를 바라볼 때, 그들의 눈은 마치 이렇게 이야기하는 것 같습니다. "여기 우리를 보살펴주려는 이가 있다."

여러분 동기인 카라 셜리는 제가 말하는 것이 무엇인지를 알고 있습니다. 딱 두 달 전에 카라는 브라질 봉사프로그램에 참가했습니다. 그곳에서 그녀는 에이즈 치료소를 방문했습니다. 치료소는 희망과 삶이라고 이름 붙여진 곳이었습니다. 그곳에 있으면서 그녀와 다른 학생들은 환자들을 씻기고, 약을 투여하고, 아니면 그저 침대 가에 앉아서 환자들의 손을 잡아주고는 했습니다.

환자들 중 어떤 이는 몸무게가 겨우 70파운드밖에는 나가지 않았습니다. 그 환자가 치료소로 왔을 때, 그는 이미 자신의 사망 확인서를 받은 상태였습니다. 하지만 그러한 사실은 치료소에 있던 사람들에게 그 환자가 더 많은 사랑을 필요로 한다는 것을 의미할 뿐이었습니다.

카라가 했던 말을 인용하겠습니다. "이 남자는 너무 약해서 말조차 할 수 없었다. 하지만 내가 그의 손을 잡자 그는 고개를 끄덕였고 그의 감사하는 마음을 느낄 수 있었다. 그것은 내 인생에서 가장 감동적인 경험이었다. 그리고 내가 그곳을 떠날 때가 되었을 때, 나는 그곳을 떠나고 싶지 않았다." 카라가 그 남자의 손을 잡은 행동은 작은 일로 보일 것입니다. 하지만 그것이 큰 사랑으로 이루어졌기 때문에 죽어가는 이의 마지막 순간을 존엄하고 우아한 것으로 만들었습니다.

저는 카라처럼 여러 가지 방법으로 자신과 같은 사람들을 돕는 자원봉사자들을 수천 명이나 만났습니다. 그들은 우리나라나 외국의 열악한 환경을 찾아갑니다. 하지만 얼마나 자기가 고생을 하는지에 대해서 말하는 대신에, 그들은 항상 자신이 얼마나 운이 좋은가를 이야기합니다.

여러분도 삶에서 이러한 기쁨을 누릴 수 있습니다. 따뜻한 마음과 기꺼이 행동하고자 하는 두 손만 있으면 됩니다. 테레사 수녀가 노벨상을 수상할 때, 그녀는 한 요양원을 방문한 이야기를 우리에게 들려주었습니다. 처음에 그녀는 집이 매우 예쁘고 시설이 좋은 것에 놀랐습니다. 하지만 곧 그녀는 그곳에 사는 사람 중 누구도 웃지 않고 출입문 쪽을 바라보고 있다는 것을 알게 되었습니다. 왜 모두들 그렇게 슬퍼하고 있느냐고 그녀가 묻자 한 간병인이 이렇게 말했습니다. "그들은 사람들로부터 잊혀졌기 때문에 상처받은 사람들입니다." 그들은 언젠가는 자신을 사랑했던 사람들이 문을 열고 들어올 것을 기대하고 출입문 쪽을 바라보고 있던 것입니다.

오늘 제가 여러분에게 던지는 과제는 이것입니다. 그 문을 열고 들어가는 사람이 되라는 것. 병들고 잊혀진 이들이 다시 웃을 수 있게 하는 사람이 될 것. 다른 사람의 삶에 변화를 가져다주려는 목적과 자격을 갖춘 삶을 살 것. 그리고 여러분이 그렇게 하면, 여러분은 더욱 충만한 삶을 살 것이며, 좀더 희망찬 나라를 건설할 수 있을 것입니다. 그리고 여러분은 결코 실망하지 않을 것입니다.

여러분 모두에게 축하드립니다. 전능하신 하느님이 여러분과 여러분의 삶에 축복을 내려주시길 빕니다. 이곳에 저를 불러 제 생각을 전하게 해주신 점에 감사드립니다.

03. 매들린 올브라이트 (Madeleine Korbel Albright,1937. 5.15~현재)

인생을 용감하게 사시길 바랍니다.

체코 태생의 미국 정치인. 본명은 마리에 야나 코르벨이며, 1997년 1월 23일 여성 최초로 미국 국무장관에 취임하였다. 1937년 체코슬로바키아 프라하에서 외교관의 딸로 태어났다. 1939년 나치가 체코슬로바키아를 점령하자 유대인이었던 그녀의 가족은 영국으로 갔다가 제2차 세계대전이 끝난 뒤 체코슬로바키아로 돌아왔다. 하지만 소련을 등에 업은 공산당의 쿠데타로 다시 망명길에 올라 1948년 미국에 정착하였다. 1959년 매사추세츠 주의 웰슬리 대학교를 졸업하고 대학시절부터 사귀던 신문재벌 상속자인 조지프 메딜 패터슨 올브라이트와 결혼하였다.

1992년 민주당 인사들의 모임에서 빌 클린턴을 처음 만난 뒤 클린턴 외교정책 고위보좌관들의 모임에 참가하였다. 1992년 빌 클린턴 대통령이 당선된 뒤 1993년 국제연합(UN) 대사로 임명되어 4년 동안 재직했는데, UN 활동 중에서도 특히 군사적 활동에서 미국의 역할을 증진시킴으로써 미국 국익의 저돌적인 대변자로 활동하였다. 1997년 미국 상원에서 만장일치로 비준을 받아 국무장관이 되었으며, 2001년 공화당 부시 행정부 출범으로 임기를 마쳤다. 임기 중이던 2000년에는 북한을 방문하여 김정일 국방위원장과 회담을 가짐으로써 북미관계 개선에도 힘썼다.

이 연설은 2007년 6월 1일, 모교인 웰슬리 대학교(Wellesley College)에서 행한 졸업축사이다.

다이아나, 고맙습니다. 당신은 웰슬리 대학의 뛰어난 스타이기에 이곳으로 돌아와 당신에게 감사하는 것처럼 행복한 일은 없습니다. 당신에게 부탁을 받게 되어 영광입니다. 교수님들과 평의원님들, 가족 여러분, 동문 여러분, 2007년 졸업생 여러분들과 그 친구들. 저 또한 옐로우 펠로우(yellow fellow)입니다. 비록 우리는 스스로 골든(golden)이라고 부르지는 않았지만, 저는 그걸 좋아했습니다. 이렇게 오랜만에 이곳에서 여러분과 만나게 되어 매우 큰 영광입니다.

월시 학장님, 저는 당신의 훌륭한 업무 수행에 대해 다른 사람들이 보낸 축하에 목소리를 보태고 싶습니다. 당신의 재임기간 동안 웰슬리 대학은 상상할 수 있는 여러 방향으로, 지적으로, 학생들의 재능의 다양성 측면에서, 그리고 재정적으로도 전통에 걸맞은 성장을 이루었습니다.

오늘날, 웰슬리는 그저 좋은 대학에 그치지 않습니다. 웰슬리는 최고의 대학입니다. 미국뿐만 아니라 전세계에 대해 좋은 영향력을 미치고 있으며, 다이애나 당신이 이 대학을 키웠습니다. 우리 모두는 당신에게 매우 고마워하고 있습니다.

여기 오신 부모님들에게 저는 세 명의 대학 졸업생을 둔 어머니로서 말씀드리고 싶습니다. 저처럼 여러분도 놀라시기를 바랍니다. 기저귀를 차던 때에서 졸업장을 받게 되기까지의 기간이 얼마나 짧은지에 대해서 말이죠.

웰슬리 동문 여러분, 저도 너무나, 너무나 자랑스러운 동문의 일원입니다. 오늘은 여러 가지 추억이 되살아나는 날이군요.

36

제 대학시절을 떠올리지 않을 수 없군요. 저는 저곳 세브란스 (Severance)에서 생활했습니다. 제가 학교를 다니던 때는, 그러니까 불이 발견되었을 때와 블랙베리 단말기가 발명된 때의 중간쯤 됩니다. 당시의 세계는 지금과는 약간 달랐습니다. 그다지 빠르지 않았죠.

여러분 중 얼마나 기억할지 모르겠습니다. 하지만 당시에는, 전화에 여전히 코드가 달려있었습니다. 여전히 우표가 붙은 우편을 사용했고 카메라는 필름을 쓰는 것이었지요. 그리고 웹 (web)을 찾고 싶다면, 우리는 마우스를 누르는 게 아니라 건물 구석에 살충제를 뿌렸습니다.

저는 우리 대학과 이 캠퍼스를 사랑했습니다. 사실, 2007년 졸업생 여러분에게 여러분이 인생에서 최고의 시간을 보냈다는 것을 말해주고 싶습니다. 하지만 저는 여러분과 함께 축하를 하고 싶지 여러분을 우울하게 하고 싶지는 않습니다. 게다가, 저는 여러분이 이곳에서 보낸 시간은 앞으로 다가올 굉장한 시간들에 대한 준비기간이었음을 확신합니다. 그래서 진심으로 축하드립니다. 여러분은 해냈습니다. 오늘은 여러분이 공부하는 데 보낸 시간과 학점 때문에 고민하며 보낸 시간들이 충분히 가치 있는 것이었음을 마침내 실감하게 되는 날입니다.

이제 월시 총장님이 4학년들에게 마지막 훈시를 하기 전에 오직 한 가지 일이 남아있군요. 그것은 저의 연설입니다.

제가 졸업할 때의 졸업 연설자는 현 국방장관이었습니다. 그는 풍채가 아주 좋고 달변가였습니다. 사실 그의 딸이 우리와 같이 졸업을 했고, 그가 말한 것을 전부 다 정확하게 기억하지는 못하지만 그는 우리에게 똑똑한 사내아이를 키우라고 말했습니다. 제가 정말 말도 못하게 행복해했던 것이 기억나는군요. 우리 영문과의 윌버 교수님은 뮤지컬 '캔디드'에 가사를 쓴 적이 있습니다. 제가 가장 좋아했던, 그리고 지금도 좋아하는 부분은 다음과 같습니다. "이 존재 가능한 모든 세상 중 최상의 세계에서 모든 것은 잘 될 것이다." 그리고 이것이 제가 오늘 여러분이 생각하기 바라는 바입니다.

매년 여러분은 새로운 사람을 만나고, 여러 곳을 여행할 것이며, 이전에는 경험하지 못한 것을 경험할 것입니다. 그리고 우리 모두에게 있어 오늘은 낙관과 흥분, 희망의 날입니다. 그러나 우리의 기운이 가장 충만할 때조차도 우리는 어두운 그림자가 드리우는 것을 염려하지 않을 수 없습니다. 우리는 매일의 일상에서 즐거움과 슬픔은 함께 온다는 것을 알고 있고, 이것을 여러분에게 상기시키지 못한다면 저는 제가 할 일을 다 했다고 할 수 없을 것입니다.

우리나라와 전세계에 걸쳐, 우리는 죄 없는 생명이 허리케인과 쓰나미와 질병과, 그리고 버지니아 공대 사건이 우리에게 상기시키듯 인간의 정신을 가끔씩 감염시키는 악마에 의해 희생되는 것을 보고 슬퍼합니다.

이날을 기념하면서, 우리는 가진 자와 없는 자의 격차를 늘리고, 우리가 사는 행성의 환경을 위협하는, 세계화의 어두운 면이 불러온 불안과 부정의에 염려를 하게 됩니다. 우리는 종교가 어떤 이들에 의해 살인에 대한 허가증처럼 되고, 신의 계율이

38

"너는 살인을 저질러야 한다"인 것처럼 종교가 쓰이는 것에 대해 분노하게 됩니다. 그리고 우리는 이라크의 복잡하고 실망스러운 전쟁이 주는 고통스러운 불안과, 다푸르에서 벌어진 집단학살에 세계가 적절히 대처하지 못한 것에 걱정을 하게 됩니다.

이 모든 것들은 다음을 이야기하고 있습니다. 2007년 졸업생 여러분, 여러분에게는 해야 할 일이 많습니다. 여러분은 미래의 지도자들이며 현재의 지도자들이 잘 다루지 못했던 바톤을 받아드는 것이 여러분의 할 일입니다.

감화를 주는 데 있어서 저는 9·11 테러 당시 펜실베니아에 추락한 유나이티드 항공 93편에 타고 있던 승객들과 관련된 이야기보다 더 감동적인 이야기는 없다고 생각합니다. 승객이었던 탐 버넷은 납치된 비행기에서 아내에게 전화를 걸었고, 세계무역센터로 두 대의 다른 비행기가 돌진했다는 소식을 알게 되었습니다.

그는 "우리가 죽을 것이라는 걸 알지만 우리 중 일부는 무언가를 할 거야"라고 말했습니다. 그리고 그들이 행동했기에, 다른 많은 생명들이 살 수 있었습니다. 그 끔찍한 아침 이후, 그들의 영웅적 행위는 우리의 정신을 고양시켰고 우리는 여기에서 교훈을 얻어야 합니다. 왜냐하면 생각을 해보면 "우리가 죽을 것이다"는 말은 정말로 쓸모없는 말이기 때문입니다. 오늘 아침 이곳에 모인 우리도 같은 말을 할 수 있습니다. 버넷이 다음으로 한 "우리 중 일부는 무언가를 할 거야"라는 말은 평범하면서도 충격을 줍니다.

39

이 말은 저에게 우리의 삶에 근본적인 도전을 주는 말로 보입니다. 우리는 언젠가는 죽는 존재입니다. 우리가 서로 다른 점은 시간을 어떻게 사용하느냐, 그리고 우리가 가진 기회입니다.

같은 질문에 대해 생각해보는 다른 방식은 최근의 인간의 유전자 암호와 쥐의 유전자 암호 발견이 갖는 유사성에 대해 생각하는 것입니다. 우리는 95% 유사합니다. 아마도 매일 밤 우리는 차이점이 있다는 것을 입증하기 위해 무엇을 했는가라고 스스로에게 물어야 할지도 모릅니다.

우리는 시간을 아끼려고 고안된 도구들을 사용하느라 무언가 의미 있는 일을 할 시간은 없을지도 모릅니다. 아니면 좋은 의도는 마음에 간직하고 있지만, 행동하는 대신에 학교를 졸업하고, 집의 할부금을 내고, 자식들 학비를 대고, 은퇴 후 시간이 날 때까지 기다리기로 마음먹었는지도 모릅니다.

그리고 우리는 그러한 핑계들이 다 떨어질 때까지 기다립니다. 그러고 나면 너무 늦습니다. 비행기가 추락했지만 우리는 아무것도 하지 않았습니다. 우리는 인생의 가능성을 탐색해보지도 않고 그저 허비하고 말았습니다. 우리는 지도자 대신 떠돌이처럼 살았습니다.

이러한 이유 중 하나는 우리가 진정한 리더십이 무엇인지를 잘못 이해하기 때문입니다. 우리는 그것이 외부로부터 주어지기를 바랍니다. 그래서 우리는 아무것도 하지 않고 목소리 큰 사람이 무언가를 힘차게 외칠 것을 기다립니다. 하지만 진정한 리더십은 우리 내부의 조용한 목소리에서 나옵니다. 학생대표인 야미니가 조금 전 이야기했듯이, 시간은 무언가를 하려 준비하려고 하면 지나가 버린다는 것을 깨닫는 것에서 리더십은 시작됩니다.

그래서 리더십은 자신을 표현하고자 하는 간단한 행동에서 발견되곤 합니다. 예를 들어 진실이라고 선전되는 거짓에 맞서거나, 부정의를 지적하거나, 타인을 돕거나, 아니면 돈보다는 중요하다고 생각하는 일을 하려 할 때 그렇습니다.

리더십에 대해 생각할 때 우리는 우선 크고 유명한 무언가를 떠올립니다. 하지만 저는 여러분이 우선 자신의 삶을 먼저 생각하기를 바랍니다. 저는 여러분이 TV에는 얼굴 한 번 나오지 않은 사람들에게서 많은 이득을 얻었다고 생각합니다. 믿음직한 부모님, 도움의 손길을 주는 친구, 선생님의 노고, 그리고 나에게 더 노력해야겠다는 생각을 들게 만들었던 급우 같은 이들 말입니다.

모든 지도자들이 행렬의 맨 앞에 서는 것은 아니며, 리더십은 가끔씩 확신에 찬 태도와 혼동되곤 합니다. 너무나 자주, 우리는 누군가가 우리에게 명령을 내린다는 이유로 그들을 따르곤 합니다. 그들은 자신이 결단력 있고 올바르기 때문에 의심할 필요 없다고 주장합니다. 그리고 우리는 그들의 확신에 찬 태도를 존경하고 협조하게 됩니다. 하지만 히틀러와 오사마 빈 라덴이 증명하듯 확신이 곧 지혜인 것은 아닙니다.

우리 중 누구도 완전히 진실하지는 못합니다. 지혜는 권리에 대한 존중과 타인에 대한 믿음을 가지고 신념을 믿을 수 있을

41

때 찾아옵니다. 비평가들이 지적하듯이 이러한 특성들은 지적인 감상에 빠지게 할 수도 있습니다. 하지만 최선의 경우, 이는 정신과 영혼을 아우르는 성취를 창조해낼 수 있습니다. 우리는 마하트마 간디, 엘레노어 루즈벨트, 마틴 루터 킹, 로자 파크스와 넬슨 만델라의 업적을 찬양하는데 이는 그들이 깊은 믿음을 지녔으면서 동시에 넓은 포용력도 지녔기 때문입니다. 그들이 추구한 성취는 소수가 아닌 모두가 승리하는 것이었습니다.

이것이 오늘날 우리가 갈망하는 리더십입니다. 중동과 이라크에 사는 사람들이 모두가 승리하도록 할 것을 다짐한다면 얼마나 신나는 일이겠습니까. 그리고 우리가 우리 자신보다 불운한 이를 도우라는, 여러 윤리체계의 공통적인 중심을 이루는 이 가르침을 진심으로 따른다면, 세상은 얼마나 더 좋은 곳이 되겠습니까.

오늘 아침 여러분 어깨에 세계라는 무거운 주제를 올려놓을 생각은 없었습니다. 그것은 언제나 여러분 부모님의 몫일 테니까요. 하지만 저는 여러분이 졸업장을 받을 때, 큰 정신과 관대한 마음을 가지고 인생을 용감하게 살기로 결심하길 바랍니다. 여러분이 이 훌륭한 대학에서 얻은 지식을 자유를 소비하는 것뿐만 아니라 수호하고 강화하는 데에도 이용하기를 바랍니다. 여러분은 떠돌이가 아닌 행하는 이가 될 것입니다. 그리고 여러분의 행동은 웰슬리 대학과 여러분의 이름에 빛을 더할 것입니다.

가치 있는 행동은 믿음이 있을 때 이루어진다는 말이 있습니다. 오늘 아침, 저는 여러분이 자신의 힘으로 어떤 난관도 극복할 수 있고, 자신의 지혜로 어떤 문제도 해결할 수 있으며, 자신의 열정으로 어떤 영혼도 깨울 수 있다는 믿음을 갖기를 바랍니다. 그리고 정의로 가는 길을 방해하는 것들은 여러분의 의지로 타도할 수 있으며, 그것은 여러분의 삶을 고귀하게 하고, 타인에게 영감을 주며, 이 지구상에서 추구할 수 있는 일의 한계 이상을 달성하게 합니다.

2007년 졸업생 여러분, 다시 한번 감사드립니다. 나가서 웰슬리 대학의 여성들이 무엇을 할 수 있는지를 보여주십시오.

04. 낸시 펠로시 (Nancy Patricia D'Alesandro Pelosi, 1940. 3. 26 - 현재)

여러분의 힘을 자각하고 열정을 따라가세요.

낸시 펠로시는 여성으로서는 최초로 미 하원의장이 된 인물이다. 대통령 유고시 현재 부통령에 이어 승계 순위 2위로, 미국 역사상 여성으로서는 대통령직에 가장 가까운 위치에 있는 인물이다.

1987년부터 미국에서 가장 진보색이 강한 캘리포니아 제8선거구에서 하원의원으로 일해온 펠로시는 총기소유 반대, 이라크전쟁 반대와 미군 철수일정 제시, 의료보험제도 확대 및 감세정책 반대, 낙태 옹호 등 진보적 입장을 취해왔으며, 중국의 인권 탄압을 비난하는 등 제3세계 인권문제에도 목소리를 높이는 진보주의자로 평가받고 있다. 트리니티 대학교를 졸업하였으며, 샌프란시스코의 투자은행가인 폴 펠로시와 결혼 후 40대였던 1980년부터 자원봉사자로 활동하며 본격적으로 정치에 발을 디뎠다. 특유의 친화력과 활동력으로 기금모금에 뛰어난 역량을 보였으며, 주요 이슈에서 당내 분열이 극심한 민주당의 단합을 이끌어내는 등 균형감각과 리더십을 보여주고 있다.

이 연설은 2007년 5월 12일 웹스터 대학교(Webster University)에서 행한 졸업축사이다.

웹스터 대학에서 명예학위를 받게 되는 영광을 얻게 된 것에 대해 마이어스 총장님과 힐 학과장님에게 감사드립니다.

그리고 오늘 이곳에 저를 초청해주신 홀든 주지사 님 감사드립니다. 당신은 미주리와 우리나라에 훌륭하게 공헌했습니다. 그리고 지금 당신의 경험과 지혜를 이곳 웹스터 대학으로 가져오셨습니다.

저는 두 명의 의회 동료들에게 감사드리고 싶습니다. 그들은 공직에 몸담은 전통을 자랑스러워 하는 집안 출신이며 이제 자신들의 발자취를 의회에 남기고 있습니다. 윌리엄 레이시 클레이 하원의원과 러스 카너핸 하원의원입니다. 그들은 자랑스럽게 세인트루이스를 대표하며 의회에 미주리 주의 위대한 미 중서부식 가치를 가져왔습니다.

마이어스 총장님, 미주리 주정부의 간부들, 평의회 의원들, 교수님들, 직원들, 가족과 친구들 그리고 특히 졸업생 여러분. 오늘 웹스터 대학의 2007년 졸업생 여러분을 축하하는 자리에 오게 되어 영광입니다.

저는 2007년 졸업생 여러분이 이제 곧 나아갈 세계에 크게 기여할 것이라고 확신합니다. 왜냐하면 웹스터 대학은 여러분이 매일 같이 서로 연결되고 상호 의존하게 되는 세계를 향해 여러분을 준비시켜왔기 때문입니다.

여러분은 125개국에서 온 학생들과 함께 12개의 캠퍼스와 미국 밖의 수업시설을 갖춘 대학에서 공부하는 대단한 기회를 얻었습니다. 웹스터 대학은 세계의 급박한 문제들을 해결하는 데에 국제 협력이 시급할 때 여러분에게 국제적인 지도를 제공했습니다.

이러한 도전을 충족시키는 데 필수적인 것은 세계평화를 달성하는 것입니다. 군부대 안에 44개의 캠퍼스가 있는 웹스터 대학은 우리 군의 가족들과 긴밀한 관계를 가지고 있습니다.

군복을 입은 우리의 남녀들에게 그들의 용기와 애국심, 그리고 그들과 가족이 보여주는 희생에 대해서 경의를 표합시다. 그들은, 그리고 참전용사들은 우리의 영웅입니다.

그들 덕분에 미국은 자유의 땅이며 용감한 이들의 고향입니다. 그들의 희생이 헛되지 않는 미래가 되도록 우리는 함께 힘을 모아야 합니다.

가족들 이야기가 나온 김에, 여러분들의 오늘을 가능하도록 도움을 준 부모님과 친구들에게도 경의를 표합시다.

어떤 부모든 자식의 가능성을 넓혀주고 싶어합니다. 우리나라는 각각의 세대에게는 다음 세대에게 더 나은 미래를 만들어줄 책임이 있다는 생각 위에 세워졌습니다.

건국자들 중의 한 명인 존 아담스 대통령은 이 세대별 책임을 자신의 아내 애비게일에게 보내는 편지에서 잘 설명했습니다. "나는 우리의 자식들이 의학과 법학과 과학을 공부할 자유를 가지도록 정치와 전쟁을 연구해야 합니다.… 그래서 그 다음 세대가 미술과, 시, 예술과 음악을 공부할 수 있도록."

이러한 노력은 미국이라는 공동체에 있어 중요한 것입니다.

제가 어렸을 때, 다른 위대한 대통령이 사람들에게 우리의 책임에 대해 이야기하는 것을 들었습니다.

학생이었던 저는 케네디 대통령의 취임식에 참석했습니다. 1월의 아주 추운 날이었습니다. 얼마나 추웠던지 새 대통령을 위해 시를 낭송하던 로버트 프로스트의 입김을 볼 수 있을 정도였습니다.

우리는 케네디 대통령의 잊을 수 없는 호소에 깊은 감명을 받았습니다. "미국의 동포 여러분, 여러분의 조국이 당신에게 무엇을 해줄 수 있는지를 묻지 말고, 당신이 조국을 위해 무엇을 할 수 있는지를 물어보십시오."

모두가 이 말을 압니다. 하지만 그 다음에 한 말 또한 인용할 만한 가치가 있습니다. "세계의 동포 시민 여러분. 미국이 당신들에게 무엇을 해줄 수 있는지를 묻지 말고, 인류의 자유를 위해 우리가 함께 무엇을 할 수 있는지를 물어보십시오."

이 연설로 케네디 대통령은 우리의 외교정책이 협력과 타국에 대한 존중으로 특징지어질 것임을 보여주었습니다. 그리고 세계는 미국의 리더십에 응답했습니다.

오늘날, 세계는 여전히 미국에게서 리더십과 희망을 기대합니다. 우리는 무시와 생색내기가 아닌 존중과 협력으로 대응해야 합니다. 그래야만 우리는 평화를 촉진하고 전쟁을 피할 수 있는 외교적 연합관계를 형성할 수 있습니다. 그리고 우리는 전쟁을 피해야 합니다.

철학자 한나 아렌트는 국가들은 최후의 폭력적인 제스처 한 번으로 평화를 가져올 수 있다고 믿으면서 끝없는 폭력의 순환을 경험한다고 말한 바 있습니다. 하지만 언제나 폭력의 씨앗을 뿌릴 뿐입니다. 무기가 아닌 말이 새로운 문명의 도구입니다.

대학은 말이 지배하는 곳이어야 합니다. 대학캠퍼스는 논쟁과 토론, 연구, 의미 있는 말들이 높이 평가받고 지지받는 곳이어야 합니다.

웹스터 대학은 세계를 이해하고 그들의 가치를 분명히 인식하며, 여러분이 더 나은 이해와 자유, 평화를 가져오는 데 도움을 줄 수 있도록 대화하는 것이 가능하도록 여러분에게 도구를 제공했습니다.

오늘 여러분에게 드리는 저의 메시지는 이것입니다. '여러분의 힘을 자각하고 열정을 따라가세요.' 여러분 꿈의 아름다움과 여러분 상상의 깊이와, 여러분의 가치의 힘에서 힘과 열정이 솟아납니다. 여러분은 최선을 다해 국제적 사명을 다하고 있는 이곳 웹스터 대학에 왔음을 자각하십시오. 그리고 미래에 대한 여러분의 책임에 경의를 표하십시오.

이 중요한 자리에 초대해주서서 감사드립니다. 오늘 저 또한 학위를 받게 되어 웹스터 대학 2007년 졸업생들과는 특별한 관계를 갖게 되었습니다. 그러니 하원의장실에 급우이면서 친구인 사람이 있다는 것을 기억해주시기 바랍니다.

오늘을 즐기십시오. 축하합니다. 신의 가호가 있기를.

제2부 기업가

05. 빌 게이츠 (William Henry Gates III, 1955. 10. 28 - 현재)

많은 것을 받은 사람들에게는 더 많은 의무가 요구됩니다.

빌 게이츠는 미국 마이크로소프트 사의 공동 창립자 및 회장이다. 〈포브스〉에 따르면 2007년 현재 그의 재산은 약 560억 달러로서 13년째 자산 순위 세계 1위를 차지하고 있다.

미국 워싱턴 주 시애틀에서 태어나 하버드 대학교에 입학하였으나 중퇴한 후 폴 앨런과 함께 마이크로소프트를 공동으로 창업했다. 1990년 초 이래로 개인용컴퓨터 시장이 급속히 발전하면서, 운영체제인 MS-DOS와 MS Windows를 통해 시장지배자적 지위를 공고히 함으로써 컴퓨터 시장의 주도권을 획득하게 되었다. 2000년에는 아내인 멜린다 게이츠와 함께 빌 엔드 멜린다 게이츠 재단(Bill and Melinda Gates Foundation)을 설립, 각종 자선사업에도 참가하고 있으며, 2005년에는 〈타임〉에 의해 '올해의 인물'로 선정되기도 하였다.

이 연설은 2007년 6월 7일 자신이 중퇴한 하버드 대학에서 명예졸업장을 받게 된 자리에서 행한 졸업축사이다.

복총장님, 루덴스틴 전 총장님, 파우스트 차기 총장님, 하버드법인과 감독위원회 위원 여러분, 교수위원회 위원 여러분, 부모님들, 특히 이번 졸업생 여러분,

저는 "아빠, 나는 언젠간 학교에 돌아갈 것이고 졸업장을 받을 거라고 항상 말했었잖아요"라는 이 말을 하기 위해 30년 이상을 기다려왔습니다.

저는 이러한 시의 적절한 영예에 대해 학교 측에 감사드리며, 저는 내년에는 제 직업을 바꿀겁니다. 그리고 이제 제 이력서에도 대학졸업학위가 있다는 것은 매우 기분 좋은 일이군요.

저는 오늘 저보다 훨씬 빠르게 학위를 취득한 졸업생 여러분들께 박수를 보내며 저에게 크림슨(Crimson, 하버드 대학 학보)이 하버드 중퇴자 중 가장 성공한 사람이라고 말한 데 대해 매우 행복합니다. 저는 그러한 칭찬이 저로 하여금 오늘 졸업생들을 대표해서 이렇게 졸업연설을 할 수 있는 힘이 되었다고 생각합니다. 저는 모든 중퇴자 중에서 최선을 다했습니다.

그러나 저는 또한 제 친구 스티브 발머가 경영대학원을 중퇴하도록 꼬인 사람으로 기억되기를 바랍니다. 즉 저는 악영향이었습니다. 그것이 바로 왜 제가 여러분들의 졸업식에 초대되었는지를 설명하는 것입니다. 만약 제가 여러분들의 입학식에 연설을 하러 왔다면 오늘 이 자리에 여러분들의 숫자는 훨씬 적었을 것입니다.

하버드시절은 저에게 경이적인 경험이었습니다. 학교생활은 매력적이었으며 저는 종종 제가 수강 신청하지 않은 많은 수업

에 들어가곤 했습니다. 그리고 기숙사 생활도 아주 멋졌습니다. 저는 래드클리프에 있는 커리어 하우스(Currier House)에 있었는데 제 방에는 항상 밤 늦게까지 많은 사람들이 여러가지를 토의하였습니다.

그 이유는 모든 사람들이 제가 아침에 늦잠 자는 것에 대해 신경 쓰지 않는다는 것을 알았기 때문이며 그것 때문에 저는 반사회적 그룹의 리더가 되기도 했습니다. 우리는 모든 기존 사회에 순응하는 사람들에게 거부감을 입증하기 위해 서로서로 밀착하였습니다.

래드클리프는 생활하기에 좋은 곳이었습니다. 그곳에는 남자보다 여학생이 많았고 대부분의 남학생들은 수학, 과학 등 이과생 타입이었습니다. 그러한 조합은 만약 여러분들이 제가 말하는 바를 이해한다면, 최고의 가능성을 제공하였으나 이곳에서 저는 가능성을 높이는 것만으로는 성공을 보장하지 못한다는 슬픈 교훈을 배웠습니다.

하버드시절의 가장 중요한 기억은 1975년 1월에 일어났는데 그 때 저는 제 기숙사에서 세계 최초의 개인용컴퓨터를 생산하기 시작한 뉴멕시코 주 앨버커키 소재 회사에 전화를 걸어 그들에게 소프트웨어를 사라고 제안했습니다.

저는 그들이 제가 단지 기숙사에 있는 학생임을 알아채고 전화기를 내려놓을까봐 걱정을 했지만 그들은 "우리는 아직 준비가 덜 되었고 한 달 뒤에 연락하세요"라는 회신을 했으며, 저도 아직 소프트웨어가 덜 완성된 때라 잘 되었다고 생각하고 그때부터 밤낮으로 이 조그마한 프로젝트를 완성하는 데 주력했는데, 그것이 제가 학업을 중단하고 마이크로소프트와의 중요한 여정을 시작하게 된 계기가 되었습니다.

제가 하버드시절에 대해 기억하는 것은 모두 그러한 열정과 지식의 가운데서 보낸 것들입니다. 그것은 들뜨는 일이거나 위협스런 일 혹은 실망스러운 때일 수도 있었지만 항상 무언가 도전하는 일이었습니다. 비록 저는 일찍 학교를 떠났지만 제가 보낸 하버드시절과 그 당시 쌓았던 우정 그리고 아이디어들은 고스란히 저에게 전달되었으며 그것은 놀라운 특권이었습니다.

그러나 과거를 돌이켜볼 때 저는 크게 한 가지 후회스러운 일이 있습니다.

저는 세계의 지독한 불균형, 즉 세계 수백만 사람들의 생활을 절망에 빠뜨리는 부와 건강 및 기회의 심각한 불평등에 대한 진정한 인식이 없이 하버드를 떠났기 때문입니다.

저는 이곳 하버드에서 경제학과 정치학의 새로운 사상에 대해서 배웠고 과학이 이룩한 진보들에 대해서도 많은 공부를 하였습니다.

그러나 인간성의 가장 위대한 진보는 그러한 발견이 아니라 어떻게 그러한 발견들이 기존의 불평등을 해소하도록 적용하느냐에 달려있는 것입니다. 민주주의를 통하거나 강력한 공공교육, 양질의 의료서비스 혹은 폭넓은 경제적 기회를 통해서 불평등을 해소하는 것이야말로 인간이 성취하는 최상의 것입니다.

저는 이 나라 수백만의 젊은이들이 교육의 기회를 박탈당하는 것에 대해 잘 알지 못하고 캠퍼스를 떠났으며 또한 개발도상국의 수백만 명이 말로 할 수 없는 참담한 빈곤과 질병에 시달리는 것도 몰랐습니다. 그것을 깨닫는 데 수십 년이 걸렸습니다.

여러분들이 하버드에 올 때는 시대가 달랐습니다. 즉 여러분들은 선배들보다 세상의 불평등에 대해 더욱 잘 알고 있으며 저는 지금과 같은 급격히 발전하는 기술의 시대에 어떻게 우리가 이러한 불평등을 직시하고 해결해나갈 것인지에 대해 여러분들이 고민할 기회를 갖기 바랍니다.

잠시 생각해보십시오, 여러분이 일주일에 몇 시간 혹은 한 달에 몇 달러를 어딘가 기부하기 위한 준비가 되어 있고 또한 당신이 그 시간이나 돈이 어딘가에서 생명을 구하고 삶의 질을 극적으로 개선할 수 있는 곳에 사용되기 원한다면 그곳은 어디일까요?

멜린다와 저도 같은 고민을 하였습니다. 즉 어떻게 우리가 가진 것들을 이용하여 최대 다수에게 가장 좋은 것을 베풀 수 있을까?

이러한 질문에 대한 토의 중, 우리는 이 나라에서는 이미 오래전에 사라진 질병들로 매년 빈곤국의 수백만의 어린이들이 죽어가고 있다는 기사를 읽게 되었습니다. 즉 홍역, 말라리아, 폐렴, B형 간염, 황열병 등 말입니다. 이러한 질병 중 제가 전혀 들어보지도 못한 로타 바이러스라는 질병은 매년 50만 명의 어린이들을 사망케 합니다. 물론 미국 내에서는 전혀 없는 일이죠.

우리는 충격을 받았습니다. 만약 수백만 명의 어린이들이 죽고 있다면 그들을 살릴 수도 있다는 가정을 하였고, 세계는 그들을 구하기 위해서 우선적으로 치료약들을 발견하고 전달해야 하지 않을까 생각했지만, 1달러도 안 되는 금액으로 생명을 구할 수 있는 그 약들이 제대로 전달되지 않는 간섭(이권)이 개입되어 있었습니다.

여러분들이 모든 생명의 가치가 동등하다고 믿는다면, 누군가의 생명이 다른 사람들보다 가치가 있다고 배우는 것이 불쾌할 겁니다. 우리는 스스로에게 "이것이 진실일 리 없어. 그러나 만약 이것이 진실이라면 마땅히 이러한 것에 우리 기부의 우선권을 주어야 해"라고 말했습니다.

대답은 간단했지만 비정했습니다. 시장은 이러한 어린이들을 구하는 행위에 대해 보상을 하지 않았고 정부 또한 이러한 일을 장려하지 않았습니다. 그래서 소위 시장 내에서 아무런 힘도 없고 목소리도 낼 수 없는 부모들을 둔 어린이들이 죽어갔던 것입니다.

그러나 여러분들과 저는 그러한 힘이 있습니다.

우리가 좀더 "창조적인 자본주의"를 발전시킨다면 우리는 시장이 가난한 사람들에게 좀더 적극적으로 역할을 하도록 만들 수 있습니다. 즉 시장의 힘이 더 많은 사람들이 이익을 내고 혹은 적어도 생계를 유지할 수는 있게 한다면 지금 최악의 불평등에 시달리는 사람들에게 도움이 될 것입니다. 우리는 또한 전지구상의 정부들에게, 세금을 납부하는 국민들이 가지고 있는 가치를 더 잘 반영할 수 있는 방식으로 세금을 사용해달라고 압력을 넣을 수 있습니다.

사업에서 이익을 내거나 정치인들에게 투표를 하는 방식 등을 통해서 빈곤한 사람들이 원하는 것들을 충족시키는 방법을 알아낸다면 그것은 이 세상의 불평등을 감소시키는 데 지속적으로 기여할 것입니다.

이러한 임무는 개방형으로서 끝이 있을 수 없습니다. 그러나 이러한 도전에 응전하는 지속적 노력을 통해 이 세계는 변화할 것입니다.

저는 우리가 이러한 일을 할 수 있다는 것에 대해 낙관적입니다만 더 이상의 희망이 없다는 비관론은 "불평등이란 인류의 시작부터 함께하여왔으며 종말까지 함께 있을 것이다"라고 말합니다. 저는 이 말에 대해 전적으로 동의하지 않습니다.

저는 우리가 알고 있는 것보다 훨씬 많이, 실제로 우리가 이런 것에 관심을 가지고 있다고 믿습니다.

여기 모인 우리는 때때로 우리의 가슴을 찢어지게 하는 인류의 비극을 보아왔습니다만 그 상황에 대해 우리는 아무것도 하지 못했습니다. 그것은 우리가 관심이 없기 때문이 아니라 무엇을 해야 할지 몰랐기 때문입니다. 만약 우리가 도울 방법을 알았다면 우리는 행동했을 것입니다.

변화를 막는 장벽은 지나치게 적은 관심이 아니라 고도의 현실적 복잡성 때문입니다.

관심을 행동으로 옮기기 위해서 우리는 문제를 직시하고 해결책을 찾고 그로 인해 미칠 영향을 파악하는 3단계가 필요하지만 복잡성이라는 것이 이러한 3단계의 진행을 막고 있습니다.

비록 인터넷이 있고 24시간 뉴스프로그램이 있지만 여전히 사람들로 하여금 진정으로 문제를 직시하게 하는 데는 많은 복잡한 요소들이 있습니다. 만약 비행기 추락사고가 나면 정부에서는 즉시 언론인터뷰를 실시합니다. 그들은 철저한 조사를 통해 원인을 규명하고 향후 유사한 사고에 대비한다고 약속합니다.

그러나 만일 정부가 지나치게 솔직하다면 그들은 이렇게 말할 겁니다. "오늘 이 지구상에서 예방 가능한 사고로 인해 사망한 사람 중 단지 0.5%만이 이 사고 비행기에 탑승했었으며 우리는 그 0.5%의 사람들을 빼앗아 간 문제를 해결하기 위해 가능한 모든 것을 하기로 결정했습니다."

그러나 더 큰 문제는 비행기 사고가 아닌 예방 가능했던 수백만의 사망입니다.

우리는 이러한 죽음들에 대해 자세히 읽지는 않습니다. 언론은 주로 최신 뉴스를 다루고 수백만 명의 사망은 더 이상 새로운 뉴스가 아닙니다. 따라서 사람들이 무시하기 쉬운 이면에 머무르게 됩니다. 그리고 비록 우리가 그 기사를 보거나 읽었다고 하더라도 그 문제에 대해 계속해서 시선을 고정하기는 어렵습니다. 또한 만약 그 상황이 너무 복잡해서 어떻게 도와야 할지 알지 못하게 되면 더욱 그 참상에 대해 시선을 고정하기 어려워서 결국 외면하게 됩니다.

첫번째 단계에 해당하는 문제의 직시가 이루어진다면 우리는

2단계로 접어들어 해결책을 마련하기 위해 복잡한 것들을 무너뜨려야 합니다.

우리의 관심을 실제로 실행하기 위해서 해결책의 발견은 필수적인 것입니다. 만약 우리가 어떤 기관이나 개인이 "어떻게 우리가 도울 수 있을까?"라는 질문에 대해 확실하고 입증된 답변을 가지고 있다면 우리는 실행에 옮길 수 있으며 이런 방식으로 세상에 대한 우리의 어떠한 관심도 헛되이 되지 않고 활용될 수 있을 것입니다. 그러나 복잡성이라는 것이 우리의 관심이 실행에 옮겨지는 것을 어렵게 만들고 심지어 어떠한 문제들에 대해 관심을 갖는 것도 어렵게 만듭니다.

해결책을 발견하기 위해 복잡성을 무너뜨리는 것은 네가지의 예상 가능한 단계로 연결됩니다. 목표를 설정하고 그 목표를 달성할 최고의 수단을 발견하며 그 수단을 성취할 최고의 기술을 발견하며 기존의 기술을 적용할 최고의 애플리케이션을 만듭니다. 약처럼 복잡한 것이든 침대망처럼 단순한 것이든 관계없죠.

에이즈를 예로 들겠습니다. 물론 넓은 의미의 목표는 그 질병의 퇴치입니다. 최고의 수단은 예방입니다. 최고의 기술은 단한 알로 평생 면역이 되는 백신입니다. 따라서 정부나 제약회사 혹은 기금들은 백신을 위한 연구를 후원합니다. 그러나 그 작업은 10년 이상이 걸릴 것으로 예상되므로 그 동안 우리는 우리가 이미 가지고 있는 것을 가지고 일을 하여야 합니다. 즉 현재 우리가 가지고 있는 최고의 예방책은 사람들이 위험한 행동을 하지 않도록 하는 겁니다.

그 목표달성을 위해 다시 4단계 접근법이 적용됩니다. 이것은 일종의 패턴입니다. 중요한 것은 절대로 생각하고 일하는 것을 멈추지 않는 것입니다. 그리고 우리가 20세기에 말라리아와 결핵에 대해 너무 복잡해서 포기했던 잘못을 되풀이해서는 안 된다는 것입니다.

문제를 직시하고 해결책을 찾은 후 마지막 단계는 여러분들이 한 일이 미치는 영향을 측정하고 당신의 성공과 잘못을 타인과 나눔으로써 다른 사람들이 당신의 노력에서 무언가를 배우도록 하는 일입니다.

물론 여러분들은 여러분들의 통계자료가 필요합니다. 수행하는 프로그램이 수백만의 어린이들에게 백신을 놓는 일이라는 것과 그러한 질병으로 사망하던 어린이들의 숫자가 감소한 것을 보여줄 수 있어야 합니다. 이것은 단지 그 프로그램의 질을 개선하는 것뿐만 아니라 기업과 정부로부터 더 많은 투자를 유치하기 위해서도 필수적인 것입니다.

그러나 여러분들이 다른 사람들의 참여를 이끌어내고 싶다면 단지 숫자가 아닌 그 이상을 보여주어야 합니다. 즉 그 작업의 인간적인 면을 전달하여 사람들로 하여금 생명을 구하는 일은 가까운 친지에게 하는 것과 같다는 느낌을 갖도록 하는 것입니다.

저는 몇 년 전 다보스 포럼에 가서 글로벌헬스의 패널로 참여하여 수백만의 생명을 구하는 방법에 대해 토의했던 것을 기억합니다. 수백만! 단 한 명의 목숨을 구하는 데 따른 온몸의 전율을 생각해보십시오, 그리고 그것이 수백만이 되다니요.… 그러나 그 회의는 제가 경험해본 것 중 가장 지루한 패널이었으며 참을 수 없을 정도였습니다.

무엇보다 인상 깊었던 것은 제가 어떤 소프트웨어의 13번째 버전인가를 소개하는 이벤트에 갔을 때 흥분해서 점프하고 소리치는 사람들을 만났습니다. 소프트웨어에 대해 흥분에 휩싸인 사람들을 저는 사랑합니다. 그러나 왜 우리는 생명을 구하는 일에는 더 흥분하지 않는 것이죠?

여러분들이 사람들을 도와서 그 영향력을 보고 느끼지 않는다면 당신은 사람들을 흥분하게 할 수 없습니다. 그러면 어떻게 그렇게 할 것이냐 하는 것은 복잡한 질문입니다.

아직 저는 낙관론자입니다. 불평등은 우리와 영원히 함께 있을 것입니다. 그러나 복잡성을 무너뜨리는 새로운 방법들은 이제 나온 것들이며 그 방법들은 우리가 우리의 관심을 극대화할 수 있도록 도와줄 것입니다. 그리고 그로 인해 앞으로의 미래는 과거와는 다를 것입니다.

이 시대에서 지속적으로 이루어지는 생명공학, 컴퓨터 및 인터넷의 혁신은 극심한 빈곤과 예방가능한 질병으로 인한 사망을 종식시킬 수 있는 기회를 우리에게 주고 있으며 그것은 과거에는 없었던 기회들입니다.

60년 전, 조지 마샬이 이 졸업식에 와서 전후의 유럽을 지원하는 계획을 발표했습니다. 그는 "이 문제의 어려움은 언론이나 방송을 통해 대중들에게 전달되는 내용이 엄청나게 복잡하다 보니 사람들로 하여금 현 상황에 대한 간결한 평가를 하기가 매

61

우 어렵게 만든다는 것입니다. 현재 이 상황에 대한 모든 중요한 점들을 빠뜨리지 않고 파악하기는 실로 불가능합니다"라고 말했습니다.

마샬이 그 연설을 한 후 30년 뒤 저를 제외한 친구들이 학교를 졸업할 때, 세상을 더 작고, 더 개방되어 있고, 명백하게 만들고, 가깝게 만들 기술들이 막 나오고 있었습니다.

저렴한 가격의 개인용컴퓨터는 교육과 커뮤니케이션의 기회를 전달하는 강력한 네트워크가 출현하도록 했습니다.

이 네트워크의 놀라운 점은 단지 거리의 제약을 없애고 모든 사람들이 이웃이 되게 하였다는 점뿐만 아니라 동일한 문제를 해결하기 위해 함께 작업할 수 있는 총명한 사람들의 숫자를 엄청나게 증가시켰다는 것입니다. 또한 그것을 통해 거의 경이로울 정도로 혁신의 속도가 빨라지고 있습니다.

동시에 세상의 모든 사람들이 이러한 기술에 접속하여 있지만 다섯 명은 그렇지 않습니다. 즉 많은 창조적인 사람들이 이 토의에서 제외되어 있다는 것입니다. 현실적인 지식과 관련된 경험을 가지고 있지만 기술을 모르는 스마트한 사람들이 그들의 재능을 연마하고 그들의 아이디어로 세상에 기여할 사람들 말입니다.

우리는 이러한 수준의 기술에 접근하기 위해 가능한 많은 사람들이 필요합니다. 왜냐하면 이러한 진보는 인류로 하여금 타인에게 베풀 수 있는 일들의 혁신을 촉진하기 때문입니다. 이러한 진보는 단지 국가정부 차원이 아닌 대학교, 회사, 중소규모

단체 및 심지어 개인들이 문제를 직시하고 해결을 위한 접근법을 모색하며 미칠 영향을 측정함으로써 조지 마샬이 60년 전 언급했던 빈곤, 기근 및 절망을 해결하기 위한 노력을 측정하는 것을 가능하게 해줍니다.

하버드 가족 여러분, 여기 캠퍼스는 전세계에서 모인 인재들의 집합소입니다.

무엇을 위해서 일까요?

여기 계신 하버드 교수 여러분, 동문, 학생 그리고 기부자 들께서 전세계 사람들의 삶을 향상시키기 위해 본인들의 힘을 사용한다는 것에 대해서는 의문의 여지가 없습니다. 그러나 우리가 좀더 할 수 있지 않을까요? 하버드가 하버드라는 이름조차 들어보지도 못한 사람들의 삶을 증진시키는 데 그 지식을 바칠 수 있지 않을까요?

여기 하버드 지식의 리더이신 학장님과 교수님들께 요청합니다. 여러분들이 새로운 교수를 영입하거나 종신교수권을 받거나, 교과과정을 검토하거나 각 학위에서 요구하는 사항들을 결정할 때 자신에게 물어보십시오.

우리의 최고의 마인드가 우리의 가장 큰 문제를 해결하기 위해 바쳐지고 있나?

하버드는 교수들이 세계 최악의 불평등을 직시하고 고민하도록 권장하고 있는지? 하버드 학생들은 글로벌한 빈곤이나, 만연한 배고픔, 물 오염, 학교에 못나오는 여학생들 및 우리가 치료할 수 있는 질병으로 죽은 아이들 등에 대해 배우고 있는지?

지구상 가장 많은 특권을 가진 사람들이 최저의 권리를 가진 사람들의 삶에 대해 배우고 있는지?

이것들은 어떤 미사여구의 질문들이 아니며 여러분들은 여러분들의 철학을 가지고 답변을 해야 합니다.

제가 이곳에 입학이 결정 나던 날 자긍심에 넘치셨던 제 어머니는 항상 다른 사람들에게 더 많이 베풀라는 압력을 저에게 넣었습니다. 제 결혼식 며칠 전 그녀는 결혼 전의 신부이벤트를 주관하면서 멜린다에게 쓴 편지를 큰 소리로 읽으셨습니다. 그 당시 제 어머니는 암으로 고생하였는데 그녀는 편지에 담긴 내용에서 다시 한번 본인의 메시지를 전달하였습니다. 즉 편지의 말미에 그녀는 "많은 것을 받은 사람들에게는 더 많은 의무가 요구된다"라고 썼습니다.

이 캠퍼스의 우리들에게 주어진 것들 – 재능, 특권, 그리고 기회 등 – 을 생각해보면 세상이 우리에게 기대할 수 있는 권리에는 거의 제한이 없습니다.

이 시대에 대한 약속에 부응하기 위해 저는 여기 모인 졸업생 모두가 심각한 불평등 같은 복잡한 문제를 직시하고 그것에 전문가가 되기를 권합니다. 만약 여러분들의 향후 경력의 중심에 항상 이것을 둔다면 그것은 정말 경이로운 일일 것입니다. 그러나 영향을 미치기 위해 그렇게 할 필요는 없습니다. 단지 매주 몇 시간 여러분들은 엄청난 파워의 인터넷에서 지식을 쌓고 동일한 관심을 가진 다른 사람들을 발견하고 장애물을 파악한 다음 그것들을 무너뜨릴 수 있는 방법을 모색하면 됩니다.

복잡한 현실이 당신을 멈추지 못하게 하십시오. 행동하는 사람이 되시고 불평등을 직시하십시오. 그것은 당신 인생에 있어 가장 위대한 경험 중 하나가 될 것입니다.

　여러분 졸업생들은 정말 환상적인 시대에 사회에 나오는 것입니다. 여러분들이 하버드를 떠나게 되면 여러분들은 우리 세대의 누구도 경험해보지 못한 기술을 가지게 될 것이고 우리가 몰랐던 글로벌한 불평등에 대해 인지하게 됩니다. 그리고 그러한 인지를 바탕으로 여러분들의 매우 작은 노력으로도 삶을 변화시킬 수 있는 어려운 사람들을 돕는 것을 하지 않는다면 양심의 소리에 고뇌하게 될 것입니다.

　여러분들은 저희 세대보다 많은 것을 가졌습니다. 그러므로 조속히 시작하시고 그리고 오래도록 지속하십시오.

　그리고 지금으로부터 30년 뒤 여기 하버드에 돌아와서 여러분들의 재능과 열정으로 이루어온 일들을 떠올리기 바랍니다. 여러분들이 사회에서 이룬 프로페셔널한 업적뿐만이 아니라 어떻게 전세계의 심각한 불평등을 해소하는 데 기여했는지를 포함하여 자기 자신을 평가하시기 바랍니다. 어떻게 인간성 외에는 아무것도 가지고 있지 않았던 타지역의 사람들에게 여러분들이 기여했는지를….

　감사합니다.

06. 스티브 잡스 (Steve Jobs, Steven Paul Jobs, 1955. 2. 24. - 현재)

배고픔과 함께. 미련함과 함께.

현 애플의 CEO로, 현재 컴퓨터 산업과 엔터테인먼트 산업의 중요 인물 가운데 한 사람이다. 미국 캘리포니아 주 샌프란시스코에서 미국인 어머니와 시리아계 아버지 사이에서 태어났다. 태어난 지 1주일 후에, 캘리포니아 주 산타클라라에 사는 폴과 클라라 잡스 부부에게 입양되었다. 잡스를 입양한 부부는, 그에게 스티븐 폴 잡스라는 이름을 지어주었다. 잡스는 폴과 클라라 잡스 부부를 유일한 부모로 여겼다.

1976년 스티브 워즈니악과 함께 애플컴퓨터를 공동 창업했다. 애플II를 발표하여 개인용컴퓨터를 대중화하였고, 이후 GUI와 마우스의 가능성을 처음으로 내다보고 리사와 매킨토시에서 이 기술을 도입하였다. 1985년 경영분쟁에 의해 애플 사에서 나온 이후 NeXT 컴퓨터를 창업하여 세계 최초의 객체지향 운영체제인 넥스트스텝을 개발했다. 1986년에는 픽사를 인수하였다. 픽사는 여러 번 단편 에니메이션 분야에서 오스카상을 받았으며 이후 최초의 장편 3D 애니메이션 〈토이스토리〉로 큰 성공을 거두었고 현재는 디즈니사에 합병되었다.

1996년 애플사가 NeXT를 인수하게 되면서 다시 애플사로 돌아오게 되었고 1997년에는 임시 CEO로 애플을 다시 이끌게 되었으며, 이후 현재까지 컴퓨터 이외에 음악, 휴대전화 등으로 사업영역을 확장하며 애플 사의 전성기를 이끌고 있다.

이 연설은 2005년 6월 12일, 스탠포드 대학교(Stanford University)에서 행해진 졸업축사이다.

저 세계 최고의 명문으로 꼽히는 이곳에서 여러분들의 졸업식에 참석하게 된 것을 영광으로 생각합니다. 솔직히 말하자면, 저는 대학을 졸업하지 못했습니다. 태어나서 대학교 졸업식을 이렇게 가까이서 보는 것은 처음이네요.

오늘, 저는 여러분께 제가 살아오면서 겪었던 세 가지 이야기를 해볼까 합니다. 그게 답니다. 별로 대단한 이야기는 아니구요. 딱 세 가지만요.

먼저, 인생의 전환점에 관한 이야기입니다.

전 리드 칼리지에 입학한 지 6개월만에 자퇴했습니다. 그래도 일년 반 정도는 도강을 듣다, 정말로 그만뒀습니다. 왜 자퇴했을까요?

그것은 제가 태어나기 전까지 거슬러 올라갑니다. 제 생모는 대학원생인 젊은 미혼모였습니다. 그래서 저를 입양보내기로 결심했던 거지요. 그녀는 제 미래를 생각해, 대학 정도는 졸업한 교양 있는 사람이 양부모가 되기를 원했습니다. 그래서 저는 태어나자마자 변호사 가정에 입양되기로 되어 있었습니다. 하지만 그들은 마지막 순간 자신들이 여자아이를 원했던 걸 알게 되었습니다. 그들 대신 대기자 명단에 있던 양부모님들은 한밤중에 걸려온 전화를 받았죠: "어떡하죠? 예정에 없던 사내아이가 태어났는데, 그래도 입양하실 건가요?" "물론이죠." 그런데 알고보니 양어머니는 대졸자도 아니었고, 양아버지는 고등학교도 졸업 못한 사람이어서 친어머니는 입양동의서 쓰기를 거부했습니다. 친어머니는 양부모님들이 저를 꼭 대학까지 보내주겠다고 약속한 후 몇개월이 지나서야 화가 풀렸습니다.

17년 후, 저는 대학에 입학했습니다. 그러나 저는 멍청하게도 바로 이곳, 스탠포드의 학비와 맞먹는 값비싼 학교를 선택했습니다. 평범한 노동자였던 부모님이 힘들게 모아뒀던 돈이 모두 제 학비로 들어갔습니다. 결국 6개월 후, 저는 대학 공부가 그만한 가치가 없다는 생각을 했습니다. 내가 진정으로 인생에서 원하는 게 무엇인지, 그리고 대학교육이 그것에 얼마나 어떻게 도움이 될지 판단할 수 없었습니다. 게다가 양부모님들이 평생토록 모은 재산이 전부 제 학비로 들어가고 있었습니다. 그래서 모든 것이 다 잘 될거라 믿고 자퇴를 결심했습니다. 당시에는 두려웠지만, 뒤돌아 보았을 때 제 인생 최고의 결정 중 하나였던 것 같습니다. 자퇴한 순간, 흥미 없던 필수과목들을 듣는 것은 그만두고 관심 있는 강의만 들을 수 있었습니다.

그렇다고 꼭 낭만적인 것만도 아니었습니다. 전 기숙사에 머물 수 없었기 때문에 친구 집 마룻바닥에서 자기도 했고 한 병당 5센트씩하는 코카콜라 빈병을 팔아서 먹을 것을 사기도 했습니다. 또 매주 일요일, 단 한 번이라도 제대로 된 음식을 먹기 위해 7마일이나 걸어서 하레 크리슈나 사원의 예배에 참석하기도 했습니다. 맛있더군요. 당시 순전히 호기와 직감만을 믿고 저지른 일들이 후에 정말 값진 경험이 됐습니다. 예를 들어보죠.

그 당시 리드 칼리지는 아마 미국 최고의 서체교육을 제공했던 것 같습니다. 학교 곳곳에 붙어있는 포스터, 서랍에 붙어있는 상표들은 정말 아름다웠구요. 어차피 자퇴한 상황이라, 정규

과목을 들을 필요가 없었기 때문에 서체에 대해서 배워보기로 마음먹고 서체수업을 들었습니다. 그때 저는 세리프와 산 세리프체를, 다른 글씨의 조합 간의 그 여백의 다양함을, 무엇이 위대한 타이포그래피를 위대하게 만드는지를 배웠습니다. 그것은 '과학적'인 방식으로는 따라하기 힘든 아름답고, 유서깊고, 예술적으로 미묘한 것이었고, 전 매료되었습니다.

이런 것들 중 어느 하나라도 제 인생에 실질적인 도움이 될 것 같지는 않았습니다. 그러나 10년 후 우리가 첫번째 매킨토시를 구상할 때, 그것들은 고스란히 빛을 발했습니다. 우리가 설계한 매킨토시에 그 기능을 모두 집어넣었으니까요. 그것은 아름다운 서체를 가진 최초의 컴퓨터였습니다. 만약 제가 그 서체수업을 듣지 않았다면 매킨토시의 복수서체 기능이나 자동 자간 맞춤 기능은 없었을 것이고 맥을 따라한 윈도우도 그런 기능이 없었을 것이고, 결국 개인용컴퓨터에는 이런 기능이 탑재될 수 없었을 겁니다. 만약 학교를 자퇴하지 않았다면, 서체수업을 듣지 못했을 것이고 결국 개인용컴퓨터가 오늘날처럼 뛰어난 글씨체들을 가질 수도 없었을 겁니다. 물론 제가 대학에 있을 때는 그 순간들이 내 인생의 전환점이라는 것을 알아챌 수 없었습니다. 그러나 10년이 지난 지금에서야 모든 것이 분명하게 보입니다.

달리 말하자면, 지금 여러분은 미래를 알 수 없습니다: 다만 현재와 과거의 사건들만을 연관시켜볼 수 있을 뿐이죠. 그러므로 여러분들은 현재의 순간들이 미래에 어떤식으로든지 연결된다는 걸 알아야만 합니다. 여러분들은 자신의 배짱, 운명, 인생, 카르마(업) 등 무엇이든지 간에 '그 무엇'에 믿음을 가져야만 합니다. 이런 믿음이 저를 실망시킨 적이 없습니다. 그리고 그것이 제 인생에서 남들과는 다른 모든 '차이'들을 만들어냈습니다.

두번째는 사랑과 상실입니다.

저는 운 좋게도 인생에서 정말 하고 싶은 일을 일찍 발견했습니다. 제가 20살 때, 부모님의 차고에서 워즈(스티브 워즈니악)와 함께 애플의 역사가 시작됐습니다. 우리는 열심히 일해서, 차고에서 2명으로 시작한 애플은 10년 후에 4,000명의 종업원을 거느린 2백억 달러짜리 기업이 되었습니다. 제 나이 29살, 우리는 최고의 작품인 매킨토시를 출시했습니다. 그러나 이듬해 저는 해고당했습니다. 내가 세운 회사에서 내가 해고당하다니! 당시, 애플이 점점 성장하면서, 저는 저와 함께 회사를 경영할 유능한 경영자를 데려와야겠다고 생각했습니다. 처음 1년 정도는 그런대로 잘 돌아갔습니다. 그런데 언젠가부터 우리의 비전은 서로 어긋나기 시작했고, 결국 우리 둘의 사이도 어긋나기 시작했습니다. 이때, 우리 회사의 경영진들은 존 스컬리의 편을 들었고, 저는 30살에 쫓겨나야만 했습니다. 그것도 아주 공공연하게. 저는 인생의 촛점을 잃어버렸고, 뭐라 말할 수 없는 참담한 심정이었습니다.

전 정말 말 그대로, 몇 개월 동안 아무 것도 할 수가 없었답니다. 마치 달리기 계주에서 바톤을 놓친 선수처럼, 선배 벤처기업인들에게 송구스런 마음이 들었고, 데이비드 패커드(HP의 공동 창업자)와 밥 노이스(인텔 공동 창업자)를 만나 이렇게 실패한 것에 대해 사과하려 했습니다. 저는 완전히 '공공의 실패작'으로 전락했고, 실리콘 밸리에서 도망치고 싶었습니다. 그러나 제 맘 속에는 뭔가가 천천히 다시 일어나기 시작했습니다. 전 여전히 제가 했던 일을 사랑했고, 애플에서 겪었던 일들조차도 그런 마음들을 꺾지 못했습니다. 전 해고당했지만, 여전히 일에 대한 사랑은 식지 않았습니다. 그래서 전 다시 시작하기로 결심했습니다.

당시에는 몰랐지만, 애플에서 해고당한 것은 제 인생 최고의 사건임을 깨닫게 됐습니다. 그 사건으로 인해 저는 성공이란 중압감에서 벗어나서 초심자의 마음으로 돌아가, 자유를 만끽하며, 내 인생의 최고의 창의력을 발휘하는 시기로 갈 수 있게 됐습니다.

이후 5년 동안 저는 '넥스트', '픽사'를 만들고, 그리고 지금 제 아내가 되어준 그녀와 사랑에 빠져버렸습니다. 픽사는 세계 최초의 3D 애니메이션 〈토이 스토리〉를 시작으로, 지금은 가장 성공한 애니메이션 제작사가 되었습니다. 세기의 사건으로 평가되는 애플의 넥스트 인수와 저의 애플로의 복귀 후, 넥스트 시절 개발했던 기술들은 현재 애플의 르네상스에 중추적인 역할을 하고 있습니다. 또한 로렌과 저는 행복한 가정을 꾸리고 있습니다.

애플에서 해고당하지 않았다면, 이런 기쁜 일들 중 어떤 한 가지도 겪을 수 없었을 것입니다. 정말 독하고 쓰디 쓴 약이었지만, 이게 필요한 환자도 있는가봅니다. 때로 인생이 당신의 뒷통수를 때리더라도, 결코 믿음을 잃지 마십시오. 전 반드시 인생에서 해야 할, 제가 사랑하는 일이 있었기에, 반드시 이겨낸다고 확신했습니다. 당신이 사랑하는 것을 찾아보세요. 사랑하는 사람이 내게 먼저 다가오지 않듯, 일도 그런 것이죠. '노동'은 인생의 대부분을 차지합니다. 그런 거대한 시간 속에서 진정한 기쁨을 누릴 수 있는 방법은 스스로 위대한 일을 한다고 자부하는 것입니다. 자신의 일을 위대하다고 자부할 수 있을 때는, 사랑하는 일을 하고 있는 그 순간뿐입니다. 지금도 찾지 못했거나, 잘 모르겠다 해도 주저앉지 말고 포기하지 마세요. 전심을 다하면 반드시 찾을 수 있습니다. 일단 한 번 찾아낸다면, 서로 사랑하는 연인들처럼 시간이 가면 갈수록 더욱더 깊어질 것입니다. 그러니 그것들을 찾아낼 때까지 포기하지 마세요. 현실에 주저앉지 마세요.

세번째는 죽음에 관한 것입니다.

17살 때, 이런 경구를 읽은 적이 있습니다: "하루 하루를 인생의 마지막 날처럼 산다면, 언젠가는 바른 길에 서있을 것이다." 이 글에 감명받은 저는 그 후 50살이 되도록 매일 아침 거울을 보면서 자신에게 묻곤 했습니다: "오늘이 내 인생의 마지막 날이라면, 지금 하려고 하는 일을 할 것인가? 아니오!"라는 답이 계속 나온다면, 다른 것을 해야 한다는 걸 깨달았습니다.

인생의 중요한 순간마다 '곧 죽을지도 모른다' 는 사실을 명심하는 것이 저에게는 가장 중요한 도구가 됩니다. 왜냐구요? 외부의 기대, 각종 자부심과 자만심. 수치스러움과 실패에 대한 두려움들은 '죽음' 을 직면해서는 모두 떨어져나가고, 오직 진실로 중요한 것들만이 남기 때문입니다. 죽음을 생각하는 것은 무엇을 잃을지도 모른다는 두려움에서 벗어나는 최고의 길입니다. 여러분들이 지금 모두 잃어버린 상태라면, 더 이상 잃을 것도 없기에 본능에 충실할 수밖에 없습니다.

저는 1년 전쯤 암진단을 받았습니다. 아침 7시 반에 검사를 받았는데, 이미 췌장에 종양이 있었습니다. 그 전까지는 췌장이란 게 뭔지도 몰랐는데요. 의사들은 길어야 3개월에서 6개월이라고 말했습니다. 주치의는 집으로 돌아가 신변정리를 하라고 했습니다. 죽음을 준비하라는 뜻이었죠. 그것은 내 아이들에게 10년 동안 해줄 수 있는 것을 단 몇달 안에 다 해치워야 된다는 말이었고, 임종 시에 사람들이 받을 충격이 덜하도록 매사를 정리하란 말이었고, 작별인사를 준비하라는 말이었습니다.

전 불치병 판정을 받았습니다. 그날 저녁 위장을 지나 장까지 내시경을 넣어서 암세포를 채취해 조직검사를 받았습니다. 저는 마취상태였는데, 후에 아내가 말해주길, 현미경으로 세포를 분석한 결과 치료가 가능한 아주 희귀한 췌장암으로서, 의사들까지도 기뻐서 눈물을 글썽였다고 합니다. 저는 수술을 받았고, 지금은 괜찮습니다. 그때만큼 제가 죽음에 가까이 가 본 적은 없는 것 같습니다. 또한 앞으로도 수십년간은 그렇게 가까이 가고 싶지 않습니다. 이런 경험을 해보니, '죽음'이 때론 유용하단 것을 머리로만 알고 있을 때보다 더 정확하게 말할 수 있습니다.

아무도 죽길 원하지 않습니다. 천국에 가고 싶다는 사람들조차도 그곳에 가기 위해 죽고 싶어하지는 않죠. 그리고 여전히 죽음은 우리 모두의 숙명입니다. 아무도 피할 수 없죠. 그리고 그래야만 합니다. 왜냐하면 삶이 만든 최고의 발명이 '죽음'이니까요. 죽음은 '인생들'을 변화시킵니다. 죽음은 새로운 것이 헌 것을 대체할 수 있도록 만들어줍니다. 지금의 여러분들은 그

중에 '새로움'이란 자리에 서있습니다. 그러나 언젠가 머지 않은 때에 여러분들도 새로운 세대들에게 그 자리를 물려줘야 할 것입니다. 너무 극적으로 들렸다면 죄송하지만, 사실이 그렇습니다.

여러분들의 삶은 제한되어 있습니다. 그러니 낭비하지 마십시오. 정설 — 다른 사람들의 생각 — 에 얽매이지 마십시오. 타인의 소리들이 여러분들 내면의 진정한 목소리를 방해하지 못하게 하세요. 그리고 가장 중요한 것은 마음과 영감을 따르는 용기를 가지는 것입니다. 이미 마음과 영감은 당신이 진짜로 무엇을 원하는지 알고 있습니다. 나머지 것들은 부차적인 것이죠.

제가 어릴 때, 제 나이 또래라면 다 알만한 『지구백과』란 책이 있었습니다. 여기서 그리 멀지 않은 먼로 파크에 사는 스튜어트 브랜드란 사람이 쓴 책인데, 자신의 모든 걸 불어넣은 책이었지요. PC나 전자출판이 존재하기 전인 1960년대 후반이었기 때문에, 타자기, 가위, 폴라노이드로 그 책을 만들었습니다. 35년 전의 책으로 된 구글이라고나 할까요. 그 책은 위대한 의지와 아주 간단한 도구만으로 만들어진 역작이었습니다.

스튜어트와 친구들은 몇 번의 개정판을 내놓았고, 수명이 다할 때쯤엔 최종판을 내놓았습니다. 그때가 70년대 중반, 제가 여러분 나이 때였죠. 최종판의 뒤쪽 표지에는 이른 아침 시골길 사진이 있었는데, 아마 모험을 좋아하는 사람이라면 히치하이킹을 하고 싶다는 생각이 들 정도였지요. 그 사진 밑에는 이런 말이 있었습니다 : 배고픔과 함께, 미련함과 함께. 배고픔과 함께, 미련함과 함께. 그것이 그들의 마지막 작별인사였습니다.

저는 이제 새로운 시작을 앞둔 여러분들이 여러분의 분야에서
이런 방법으로 가길 원합니다.

배고픔과 함께. 미련함과 함께.

감사합니다.

07. 앨런 그린스펀 <small>(Alan Greenspan , 1926. 3. 6 – 현재)</small>

우리의 체제는 신뢰와 개인의 공정한 행위에 기반을 두고 있습니다.

앨런 그린스펀은 미국의 경제학자이며 1987년에서 2006년까지 미 연방준비제도이사회(Federal Reserve Board)의 의장을 지냈다. 컬럼비아 대학교를 거쳐 뉴욕 대학교에서 경제학 박사학위를 취득하였고, 1968년 대통령 선거 당시 닉슨 진영 경제고문, 1974년 포드 대통령 경제자문위원장, 1977년 타우샌드그린스펀 사장 등을 거쳐 1987년 레이건 행정부 때 연방준비제도이사회 의장으로 취임하면서 주목을 받기 시작하였다.

실물경제에 특히 밝아 시장에 대한 정확한 판단과 정책 입안으로 미국 경제계뿐 아니라 국민 대다수의 신뢰를 한 몸에 받았고, 1970년대 초 이후 미국의 28년 만의 최저 실업률, 29년 만의 재정흑자 및 고성장 등을 이끈 인물로 평가 받았으며 미국의 경제대통령이라는 별명을 얻었다. 재임 중 지나치게 조지 부시 대통령의 정책에 동조했고 주택 거품을 불러온 장본인이라는 비난을 받기도 한다. 하지만 현재까지도 미국의 경제와 통화정책에 지대한 영향을 미친 인물로 평가받고 있다.

이 연설은 그가 퇴임하기 1년 전인 2005년 5월 15일, 세계 최고의 비즈니스 스쿨로 평가받고 있는 펜실베니아 대학 와튼스쿨(Wharton School of the University of Pennsylvania) 졸업식에서 행한 졸업 축사이다.

하커 총장님, 교수님들, 와튼 동문들, 친구들과 가족들 그리고 특히 2005년 졸업생 여러분. 저는 남들이 생각하는 것보다 더 큰 공통점을 졸업생 여러분들과 가지고 있습니다. 얼마 안 있으면 저는 연방준비제도이사회의 임기가 끝나게 되고 저 또한 구직자가 됩니다.

저는 여러분의 성취와 장래를 축하하는 자리에 함께하게 되어 기쁩니다. 여러분은 저의 세대나 이전 어느 세대도 삶을 시작할 때 전혀 상상도 할 수 없었던 물적 존재를 창조하는 도구를 물려받았습니다. 여러분은 점차 경쟁이 심해지고 복잡해지는 세계에 기여하고 성공할 수 있도록 도움을 주는 가치들로 여러분 자신을 형성해야 합니다.

여러분 졸업생들과 여러분과 비슷한 또래들이 지닌 창조적 능력은 이 시기에 있어 미국이 얼마나 번영할 것인지의 정도를 결정할 것입니다. 그리고 이러한 창조적 노력에서 여러분이 취할 사상과 가치들은 우리의 문화적, 법률적, 경제적 제도가 미래에 어떤 모습을 할지를 결정할 것입니다.

여러분은 분명히 과학과 공학, 경영에서 발전을 가져올 것입니다. 하지만 과학적 숙련도가 전부는 아닙니다. 기술은 윤리적 원칙들에 의해 이끌어지기 전에는 제한된 가치를 지닌 도구입니다.

기업 행태를 좌우하는 원칙들은 자발적 변화에 있어 필수적이며 자유시장의 본질적 특징입니다. 자발적 변화는 우리가 사업을 행하는 이들의 말에 신뢰를 부여합니다. 물론 모든 시장경제체제는 기능하기 위한 법률체제를 필요로 합니다. 계약 관련 법률, 재산권, 국가의 전제로부터 시민들을 보호하는 것 등을 말입니다. 하지만 만약에 법적 구속력을 지닌 거래의 아주 작은 일부분들조차 판결이 필요했다면, 우리의 법조체제는 마비상태에 빠졌을 것이고 법률체제는 집행 불능이었을 것입니다.

따라서 당연히 우리가 행하는 사실상의 모든 거래에서 상대가 고객이든 동료이든, 친구든지 낯선 사람이든지, 우리는 거래 상대방의 말에 의존합니다. 우리가 그렇게 하지 못했다면 재화와 용역은 효과적으로 교환되지 못했을 것입니다.

우리 금융시장에서는 수조 달러 규모의 자산들이 매일 가격이 매겨지고 거래됩니다. 최신 기술로 인해 거래가 정확하고 사실상 실시간으로 이루어질 수 있게 되기 전에는, 대부분의 거래들은 법적으로 하루 단위로 이루어졌습니다. 이 거래들의 합법성은 신뢰에 기반을 두었습니다. 오늘날에도 많은 기업들은 문서화되지 않은 구두 협정으로 거래를 진행합니다. 우리는 이것을 당연하게 여기며 이러한 관행이 이상한 것이라고 생각하는 경우는 거의 없습니다.

더구나, 법률 구문에 따르더라도 법은 오직 기업과 금융관리자들에게 필요한 그날그날의 결정사항 중 일부만을 지도해줍니다. 나머지들은 시장에 참여한 이들이 지닌 개인적 가치에 따라서 결정됩니다.

상업활동에 신뢰가 불가결한 조건으로 떠오른 것은 자유로운 분위기의 19세기 미국에서 특히 두드러졌는데, 당시에는 평판이 좋다는 것이 높은 가치를 지녔습니다. 19세기 대부분 동안 자유방임주의가 다른 곳과 마찬가지로 미국을 지배했으며, 매입자가 위험을 부담한다는 원칙이 자유롭게 개방된 상업관행에서 가장 지배적인 규칙이었습니다. 이러한 환경에서, 많은 이들이 재고부족에 처하는 것을 두려워하던 당시에 정직한 거래로 좋은 평판을 얻는 것은 특히 높은 가치를 지녔습니다.

개인적인 거래에서는 덜 양심적인 사람이라 할지라도 시장에서 거래를 할 때는 윤리기준에 부합해야만 했으며, 그렇지 않을 경우 사업에서 손을 떼야 하는 위험을 감수해야 했습니다.

분명 세계 기업의 역사에는 그때나 지금이나 피스크와 굴드, 폰지와 같이 법률의 가장자리를 딛고 활동한 인물들이 있었습니다. 하지만 그들의 탁월함에도 불구하고 그들은 특별한 소수였습니다. 만약 상황이 정반대였다면 19세기 후반과 20세기 초반의 미국은 그렇게 높은 생활수준을 체험하지 못했을 것입니다. 사실 만약에 윤리적 행위가 규범화되지 않았거나 기업의 관리가 크게 잘못되었다면, 우리는 현재의 국가 생산성 수준을 달성하지 못했을 것입니다.

지난 반세기 동안, 여러 사회집단들이 정부의 막대한 금융규제의 보호를 채택했고, 건전성에 대한 증명이 기업의 명성을 대체하지는 못하더라도 그것을 보충해주는 것으로 여겨졌습니다. 많은 관찰자들은 이러한 정부의 보호 덕택에 세계가 더 살기 좋은 곳으로 변한다고 믿었습니다. 따라서 1800년대에 뚜렷했던 신뢰에 대한 시장가치는 1990년대까지는 그다지 중요하지 않은 것이 되었습니다.

80

하지만 최근 미국과 다른 지역에서 벌어진 기업 관련 추문들은 지난 세기의 그 수많은 법률과 규제책들이 인간 행위의 바람직하지 않은 측면들을 제거하지 못했다는 것을 분명히 보여줍니다. 또 우리는 신뢰에 기반한 시장과 기업관행에 있어 개인적 평판과 같은 가치가 새롭게 재조명되는 것에 놀랄 필요가 없습니다.

최근 기업 관련 부정행위가 드러난 이후에, 시장은 평판에 대한 믿음이 의심을 받게 되는 행위를 한 기업들의 주가와 채권가격에 타격을 입혔습니다. 기업과 금융상의 범죄에 이보다 좋은 해독제는 없을 것입니다. 하지만 이러한 추문에 대해 의회는 분명히 이보다 더한 조치가 필요하다는 신호를 보내왔습니다.

2002년의 사베인즈-옥슬리 법은, 오늘날 기업에서 가장 많은 의사결정력을 지닌 최고경영자에 대해 회계와 정보공개 절차의 건전성을 확보할 분명한 책임을 적절하게 지우고 있습니다. 일반적으로 사용되는 회계원칙들을 따르고 있다고 단순히 밝히는 것만으로는 이제는 충분하지 않습니다.

최근 몇 년간의 가상적인 회계를 놓고 보았을 때, 이러한 원칙들을 완전하게 따르는 것은 부족한 것으로 드러났습니다. 저는 사베인즈-옥슬리 법이 이렇게 빨리 의견을 모으고 제정되어 기능을 제대로 하는 것에 대해 놀랐습니다. 이 법은 분명히 세부조항과 관련된 경험이 쌓이면서 약간 손질을 보게 될 것입니다.

하지만 이 법안은 주주가 기업을 소유하며 기업관리자는 기업 자원을 효율적으로 운용하기 위해서 주주를 위해 일해야 한다는 원칙을 의미 있게 강화합니다. 하지만 우리의 경제가 발전하면서, 그리고 우리의 경제 주체들의 덩치가 커지면서, 사실상의 주주 통제는 사라졌습니다. 소유권은 분산되었고 이사회 임원이나 최고경영자를 선택하는 데 있어 개인적으로 영향을 미칠 수 있는 충분한 지분을 갖는 주주는 소수입니다. 기업 주주 소유권의 대부분은 물론 투자 목적이지 기업운영 통제를 얻기 위한 것이 아닙니다.

따라서 기업 임원들, 특히 최고경영자에게는 점점 기업을 주주들의 이익을 가장 잘 반영하는 것으로 여겨지도록 운영할 책임이 주어지게 되었습니다. 분명, 오늘날의 기업 중역들은 정보 기술 혁명 이전에 자신들이 누릴 수 있었던 지배력을 더 이상 소유할 수 없습니다. 10년 전에는 기업의 중역들은 원한다면 중요 정보체제에 대한 접근을 엄하게 통제할 수 있었습니다. 이들 중역들은 그들의 사업운영에 대한 정보를 다른 이들보다도 훨씬 더 많이 얻을 수 있었고, 따라서 하루하루의 전략과 전술상의 선택을 할 때 도전에 직면하는 경우가 적었습니다.

이론의 여지는 다소 있지만, 이제 정보체계가 더 많은 관리자들과 사원들에게 개방되면서 소유 정보가 주었던 독점적 권력은 크게 약화되었습니다. 더구나 중요한 정보들이 이제는 기업을 넘어 공급자와 고객들에게 제공되기도 합니다. 예를 들어, 한 세대 전에는 구매담당자가 공급자에게 기업의 재고 상태를 알려주는 경우는 거의 없었습니다. 요즘에는 그러한 정보들이 적시생산 공급시스템의 운영을 원활하게 하기 위해 광범위하고 주기적으로 공유되고 있습니다. 일반적으로 기술은 정보에 대한 더 폭넓은 접근을 원활하게 하는 과정에 있고, CEO들은 갈수록 세심하게 자신의 행위를 감시당하게 되었습니다.

만약에 CEO들이 마음만 먹는다면, 선례와 감시를 통해서 동료 기업인들과 외부감사들이 윤리적으로 행동하도록 유도할 수 있다는 것은 분명해보입니다. 높은 윤리기준을 지닌 사람들에 의해 운영되는 기업들은 장기간에 걸친 주주들의 이익이나, 그들 자신의 이익을 따라 행동하기 위해 상세한 행동규칙을 마련할 필요가 없다고 생각합니다. 하지만 불행하게도 인간이란 그렇습니다. 어떤 이들은 부러울 정도로 높은 기준을 지니고 살지만 또 어떤 이들은 쉬운 방법을 택하며 살아갑니다.

규칙은 행동을 규제하기 위해 존재합니다. 하지만 규칙이 본질적인 성격을 바꿀 수는 없습니다. 다가오는 수년간, 당신의 사적인 삶과 사업에 있어서 성공을 결정하는 것은 당신의 명성, 즉 청렴함, 분별력 그리고 다른 성격상의 특성들입니다. 한 세대 후에 여러분이 자식들의 졸업식을 지켜볼 때, 여러분은 자신이 이룩한 성공이 무엇이든지 그것은 정직과 생산적인 노동의 결과였고, 남이 나에게 해주길 바라는 것처럼 나도 남에게 했기 때문에 그 성공이 가능했다고 말할 수 있기를 바랄 것입니다.

저는 제가 사기업과 정부와 관련해서 일한 60여 년의 경험으로 오늘 졸업생 여러분에게 다양한 조언을 할 수 있을 것이라고 생각합니다. 저는 여러분에게 열심히 일하고, 저축하고, 성공하라고 말할 수 있습니다. 그리고 그렇게 말하고 있습니다. 하지만 이 모든 것을 초월하는 것이 있다면 이러한 것들을 어떠한 원칙 하에 하느냐는 것입니다. 유명한 야구인 레오 드로서가 했다는 "사람이 좋으면 꼴찌를 하게 된다"는 말은 분명 사실이 아닙니다.

저는 손쉬운 길을 택하고 사람들을 조종해서 개인적, 사업적으로 물질적 성공을 거둔 것처럼 보이는 사람들이 많다는 것을 부정하지는 않겠습니다. 하지만 물질적 성공은 다른 이들을 이용하지 않고도 가능하며 훨씬 더 만족스러운 것입니다. 한 사람의 경력을 평가하는 진정한 척도는, 남을 희생자로 만들지 않고 스스로의 노력만으로 성공해서 만족스럽고 심지어는 자랑스럽다고도 할 수 있는지일 것입니다.

우리의 체제는 본질적으로 신뢰와 개인의 공정한 행위에 기반을 두고 있습니다. 우리는 우리가 사는 세계를 둘러본 후 이러한 특성들이 얼마나 가치 있는 것이고, 이것들이 없을 때의 결과가 어떨지를 생각해볼 필요가 있습니다. 이러한 측면에서 우리는 한 국가로서 많은 것을 이룩하기는 했지만 아직도 해야 할 일들이 많습니다.

개인에 대한 편견은 개인적 가치에 기반을 두고 세워진 사회에서는 가치 없는 것입니다. 자본주의 자유시장체제는 모든 경제 참여자가 각자 최고의 성과를 얻을 수 있는 기회가 주어지지 않는다면 효율적으로 운영될 수 없습니다.

만일에 우리가 모든 사람에게 공평한 기회를 주는 데 성공한다면, 우리나라의 풍요로움은 분명히 더 넓게 퍼질 것입니다.

좀더 중요한 것은 모든 미국인들이 공평하고 지지할 가치가 있는 사회의 일원이라는 사실을 자각하게 된다는 것입니다.

우리의 선조들은 미국이 역사상 유래가 없는 물질적 풍요로움을 만끽할 수 있게 한 정부체제와 기업활동의 문화를 우리에게 전해주었습니다.

오늘 졸업생들은 제가 말한 기준들로 이러한 전통을 더욱 강화해야 합니다.

저는 여러분이 우리가 상상할 수 없었던 방식으로 선조들의 유산을 향상시킬 것이라고 생각합니다.

다시 한번 축하드리며 여러분이 선택한 길에 성공이 있기를 기원합니다.

제3부 예술가

08. 오프라 윈프리 (Oprah Gail Winfrey, 1954. 1. 29 - 현재)

크고 웅장한 꿈을 꾸십시오.

미국의 여성 방송인. 수차례 에미상을 수상한 토크쇼 〈오프라 윈프리 쇼〉의 진행자이며, 도서 비평가, 배우 등으로도 활동하고 있고 두 종의 잡지를 발행하고 있다.

사생아로 태어나 아홉 살 때 사촌에게 성폭행을 당하고 마약에 빠지는 등 불우한 어린시절을 보냈으나 현재 그녀가 진행하는 토크쇼는 전세계 100여개 국에서 방영되고 있으며, 잡지, 케이블TV, 인터넷까지 포괄하는 미디어기업 하포(Harpo, Oprah의 역순)의 회장이기도 하다.

2003년 초 실시된 해리스 여론조사에서 1998년과 2000년에 이어 미국인들이 가장 좋아하는 TV 방송인으로 꼽혔다. 20세기 가장 부유한 아프리카계 미국인으로 꼽히고 있으며 3년 연속 10억 달러 이상의 자산을 지닌 세계 유일의 흑인으로 선정되었다. 다양한 자선활동으로도 유명한 그녀는 CNN과 〈타임〉 등 여러 언론매체에 의해 현재 세계에서 가장 영향력 있는 여성으로 꼽히고 있다.

이 연설은 1997년 5월 30일, 웰슬리 대학교(Wellesley College)에서 행한 졸업축사이다.

이 축하 자리에 저를 초대해주셔서 감사합니다. 이곳으로 걸어오면서 저는 월시 박사님에게 제 졸업식은 이렇게 근사하지 않았다고 말했습니다. 누구도 이런 즐거움을 누리지 못했죠. 제 남자친구이자 약혼자인 스테드먼의 딸인 웬디가 4년 전 어느 학교로 진학할지를 고민하고 있을 때, 저는 웰슬리가 어떤 곳인지 알고 있었기에 웬디가 웰슬리를 고른 것에 대해 크게 기뻐했습니다. 저도 이 학교를 다니고 싶었습니다. 이곳에 오고 싶었지만 저는 장학금을 받지 못했습니다. 저는 이곳에 있고 싶었고 그녀를 따라 지난 몇 년간 상상 속의 이곳 생활을 즐겼습니다. 월시 박사님 말대로 저는 웬디의 아버지 스테드먼과 어머니 글렌다와 함께 부모의 날에 이곳에 왔습니다. 그리고 저는 이곳에 몹시 경외감을 느꼈는데, 왜냐하면 여러분 모두가 즐거워보였고 그러면서도 모두가 매우 진지하고, 모두들 대담함과 우아함을 지니고 이곳에서 열심히 생활하는 것 같았기 때문입니다. 그리고 저는 여러분의 진실함과 지적인 면을 보았고 이곳이 매우 특별한 장소라는 것을 깨달았습니다.

웰슬리 대학은 생각과 마음을 열고자 하는 어떤 여성에게도 주어지는 선물입니다. 정말입니다! 여러분은 이미 이 선물을 받았으니 매우 큰 축복을 받았다고 할 수 있습니다. 하지만 웬디가 집으로 전화한 것을 제가 들은 바에 따르면 신입생 때 아마 여러분은 이것이 그렇게 좋은 선물인지를 몰랐을 것이기는 하지만요. "(어린 소녀의 목소리로) 아빠, 너무 힘들어요. 학교에서는 계속 공부만 시켜요." 예, 그렇습니다. 그때가 신입생 시절이었죠. 하지만 2학년 중반 정도가 되니 그녀가 무언가를 깨달은 것 같았습니다. 바로 여러분 모두가 그랬듯이 이 모든 것이 나 자신을 위한 것이며, 그 누구를 위해서 여기 있는 것이 아니고 이 학교에 대해 들었던 소문은 모두 사실이라는 것을 말입니다. 그 소문은 이 유서 깊고 힘 있는 곳이 여러분을 힘들게 하지만 결국 무언가를 얻게 되리라는 것이죠. 이러한 여성으로서의 깨달음이 2학년 중반 정도에 생겨나기 시작합니다. 우리는 웬디에게서 그런 변화를 보았습니다. 여성으로서의 깨달음이 생겨나는 것을요. 그녀는 댈러스에서 온 순진한 소녀였고 스테드먼과 글렌다, 저, 그리고 웬디를 사랑하는 모든 사람들은 웰슬리 대학이 그녀에게 준 변화에 감사하게 생각합니다. 우리는 그 변화에 감사하고 있습니다.

여러분은 그녀가 이곳에 온 지 1년 반 정도가 지난 후 생겨난 변화를 느낄 수 있을 것입니다. 왜냐하면 그녀는 처음에는 "(어린 소녀 목소리로) 아빠, 너무 힘들어요"라고 말했지만 이제는 "(성인 목소리로) 아빠, 공부 때문에 아프리카 여행을 못갈 것 같아요"라고 말했기 때문입니다. 여성으로서의 깨달음인 것이죠!

여러분 모두는 인생은 여행과 같다는 사실을 압니다. 저는 여러분에게 제가 이 여행을 재미있게 할 수 있었던 다섯 가지 이야기를 들려드리고 싶습니다(열 가지가 아니라니 기쁘지 않으세요). 제가 웰슬리 대학에 입학했다면 제가 저지른 다른 많은 실수들처럼 이 다섯 가지 교훈을 얻을 수 없었을지도 모릅니다. 하지만 제가 얻은 다섯 가지 교훈은 저의 삶을 향상시켰습니다.

먼저, 삶은 여행과 같습니다. 저는 자신에 충실하게 살아야 한다는 것을 배웠고 이 점이 제가 이 학교에 대해서 좋아하는 부분입니다. 이 학교는 학생들이 자신이 누구인지에 대한 모든 가능성을 확인해보도록 해주는데, 그것은 바로 삶의 역할이기도 합니다. 즉 여러분에게 자신이 누구인지를 알려주는 것이죠. 제가 그 가르침을 얻는 데에는 시간이 좀 걸렸습니다. 매일의 순간순간의 경험이 진정한 자신이 누구인가에 대한 가르침의 시간이었습니다. 그러한 모든 경험들은 어떻게 해야 진정한 자신이 되는가를 가르칩니다. 왜냐하면 오랫동안 저는 저 아닌 다른 사람이 되고 싶었기 때문입니다. 자라나면서 저에게는 역할 모델이 그다지 많지 않았다는 이야기입니다.

저는 1954년에 태어났습니다. TV에는 버크휘트(Buckwheat) 같은 프로그램뿐이었고, 제가 수프림스의 다이아나 로스를 〈에드 설리반 쇼〉에서 보고 나도 저렇게 되고 싶다고 말한 게 10살이 되었을 때였습니다. 제가 아무리 다이어트를 해도 다이아나 로스 같은 허벅지를 가질 수 없고 가발을 사지 않는 이상 그녀 같은 헤어스타일을 할 수 없다는 것을 깨닫게 되는 데는 많은 시간이 걸렸습니다. 제가 텔레비전에 출연하고 뉴스 감독이 저를 실제의 저와는 다른 모습으로 만들려고 할 때, 뉴욕에 가서 제가 받아야 할 것보다도 못한 대접을 받았을 때, 저는 제가 미용실을 갔어야 한다는 것을 깨달았습니다. 검은 머리와 하얀 머리 사이에는 큰 차이점이 있다는 것을 다 아실 겁니다.

여러분이 웰슬리에서 보낸 첫 일주일간 배운 것은 이것입니다. 그 머리 모양은 어떻게 만들었죠? 뉴스 감독이 제 머리가 너무 굵고, 눈과 눈 사이가 너무 먼데다 화장도 좀 해야겠다고 말해서, 저는 프랑스 미용실에 가서 제 검은 머리에 프랑스식 파마를 했습니다. 그때 저는 내가 진정한 자신이 되지 못하고, 대뇌피질이 너무 뜨겁지만 "너무 뜨거워요"라고 말할 용기를 내지 못하고, 일주일 후 머리가 벗겨진 채 방송을 해야 했습니다. 여러분은 자신이 흑인일 때, 여성이고 머리가 벗겨졌으며 앵커우먼이 되고자 할 때 자기 자신에 대해 더 많은 것을 알게 됩니다. 여러분은 자신이 다이애나 로스가 아니며 당시에 제가 닮고 싶었던 바바라 월터스도 아니라는 것을 배우게 됩니다.

　저는 많은 교훈을 얻었습니다. 수많은 방송을 하면서 미리 대본을 읽지 않았던 때가 기억납니다. 언젠가 방송 중에 "바베이도스"란 단어를 읽어야 했는데, 캘리포니아 지방의 부재자 투표를 전하는 앵커우먼으로서 전 그것이 "바바도스"라는, 샌프란시스코 부근의 지명일 거라고 생각했습니다. 그때 저는 바바라 월터스라는 껍질을 깨게 되었습니다. 왜냐하면 그곳에 다리를 꼬고 앉아서는 바바라처럼 이야기하려고 노력하던 제가, "불같은(blaze)" 태도를 지닌 어떤 남자에 대한 이야기를 읽다가 만약에 웰슬리 대학을 갔더라면 그것이 사실은 "무덤덤한(blase)"이라는 단어였다는 것을 알아차렸을 것이기 때문입니다. 저는 방송 중에 스스로에게 웃음을 터뜨렸고 바바라의 껍질을 깨고 나왔습니다. 그리고 그때 비록 바바라는 그러지 않았지만 웃는 것이 괜찮다고 생각했습니다.

　이어진 실수들을 통해 저는 더 훌륭한 바바라보다는 더 훌륭한 오프라가 될 수 있다는 것을 배웠습니다. 저는 바바라를 늘 그랬듯이 제 멘토로 삼기로 했습니다. 그러고는 제 자신이 되자는 생각을 추구하기로 결정했지요. 저는 제 자신이 됨으로 인해 매일 얻게 되는 것들에 크게 흥분했습니다. 저에게는 본능과, 조용히 가만히 귀 기울이면 자신의 진실에 대답하는 법을 찾아야 할 필요가 있다고 말하는 제 내면의 목소리를 자각하게 된 후 오랜 시간이 지난 후에 그 깨달음을 얻었습니다.

다른 훌륭한 가르침 중 하나는 친구이자 멘토인 마야 안젤루로부터 얻었습니다. 그리고 제 말을 들으신다면 여러분은 시간을 크게 절약할 수 있을 것입니다. 웬디와 저는 이것에 대해 수많은 토의를 했습니다. 특히 남자에 관해 말할 때요, 비록 그녀에게는 지금 멋진 남자친구가 있긴 하지만요. 지금 제가 말하는 것은 여러분 인생에서 수없이 일어날 테니 기억해두시기 바랍니다.

누군가가 자신이 어떤 사람인지를 드러낼 때, 처음에는 믿으십시오. 한 29번째에 그러지 말고요! 이것은 특히 남자와 관련된 경우에 좋습니다. 왜냐하면 남자가 첫 만남 후 전화를 걸지 않거나, 초면에 무례하게 굴거나, 정직하지 않거나 불성실하다면, 그 사람은 이후에도 계속해서 그런 모습을 보일 것이고 그러한 면들이 언젠가는 여러분을 괴롭히거나 상처를 줄 것이라는 겁니다. 누군가가 자신이 어떤 사람인지를 드러낼 때, 처음에는 믿으십시오. 진실되게 삶을 살면 여러분은 어떤 현실도 극복할 수 있습니다. 저는 죽음조차도 믿습니다. 진실의 관점에서 여러분의 삶을 살면 여러분은 어떤 현실도 극복할 수 있습니다. 내가 아닌 다른 누구인 척 하면서, 나와 다른 누군가의 삶을 살기를 원했을 때 그것을 깨닫는 데 오랜 시간이 걸렸습니다. 하지만 내가 진심으로 듣고자 했을 때 제 자신의 깊은 곳을 이해하고 나서 제 자신의 진실이, 오직 제 자신의 진실만이 저를 해방시켜주었습니다.

여러분의 상처를 지혜로 바꾸십시오. 여러분은 살아가면서 수없이 상처받을 것입니다. 여러분은 실수를 저지를 것입니다. 어떤 이들은 그것을 실패라고 부르겠지만 저는 실패란 신이 다음과 같이 말하는 것이라는 걸 배웠습니다. "실례합니다, 당신은 잘못된 길로 들어섰군요." 그것은 그저 경험일 뿐입니다. 경험일 뿐이에요.

저는 볼티모어의 방송국에서 쫓겨나면서 제가 텔레비전 방송에는 어울리지 않고, 본 이야기에서 벗어나는 경우가 많기 때문에 뉴스를 진행할 수 없다는 이야기를 들었던 것을 기억합니다. 사실 저는 잘 우는 편은 아니지만 뉴스 속의 등장하는 사람들을 위해 울 곤 했습니다. 사실 화재 현장을 취재하는 리포터가 우는 것은 사람들이 자신의 집을 잃었다는 것을 놓고 볼 때 그다지 효과적이지 않았습니다. 그리고 생방송 앵커우먼 자리에서 좌천되어 토크쇼로 자리를 옮기고 나서야 저는 저의 진실을 드러낼 수 있었습니다.

1978년도에 처음 토크쇼를 시작했고 그것은 마치 여러분의 진정한 열정이 느낄 수 있을 법한 그런 숨쉬기와 같았습니다. 그것은 여러분에게 매우 자연스러울 것입니다. 그리고 저는 제 뉴스 앵커우먼으로서의 경력에 있어 실수였던 것, 실패로 간주되었던 것들을 가지고 토크쇼로 가져와 저의 장점으로 바꾸었습니다!

매사에 감사하십시오. 저는 제가 15살이었을 때부터 일기를 썼습니다. 여러분이 제 15, 16살 때의 일기를 들춰보면 그 내용은 온통 남자와 관련된 것들로 가득 차 있습니다. 아버지는 내가 앤소니 오티라는 남자와 쇼니즈(Shoney's)라는 식당에 가지 못하게 했다는 식이지요. 나이가 들면서 저는 매 순간을 살아가는 것을 즐기는 것을 배우게 되었고 여러분도 그러시라고 부탁드립니다. 저는 이 한 가지를 해달라고 현재 이곳에 계신 올해 졸업생들에게 부탁하고 있고, 미국과 전세계에서 제 방송을 시청하시는 분들에게 부탁을 해왔습니다. 감사에 찬 일기를 쓰시라고요. 매일 밤 오늘 일어난 일, 그리고 앞으로 일어날 일에서 내가 감사해야 하는 일 다섯 가지를 적으십시오. 우선은 여러분의 하루와 인생에 대한 시각을 바꾸는 것으로 시작해야 합니다. 저는 만약 여러분이 지금 가진 것에 집중하는 법을 배운다면, 여러분은 이 우주는 풍성하며 여러분은 많은 것을 얻을 수 있으리라는 것을 항상 보게 될 거라고 믿습니다. 만약 여러분의 삶에 없는 것에 집중한다면 여러분은 항상 부족함을 느낄 것입니다. 매사에 감사하십시오. 일기를 쓰십시오. 여러분 모두는 오늘밤 제 일기 안에 기록될 것입니다.

당신 인생에 대해 가능한 크고 웅장한 꿈을 꾸십시오. 왜냐하면 여러분은 여러분이 믿는 바대로 되기 때문입니다. 제가 미시시피의 농장에서 자라는 어린 소녀였을 때, 버크휘트 같은 프로그램이 유일한 역할 모델이었던 그때, 우리 집에는 세탁기가 없었고 살림살이는 모두 직접 만들었기 때문에 할머니가 빨래를 망을 친 문을 통해서 철로 된 큰 냄비 안에 넣고 삶고 있었습니다. 저는 할머니를 보면서 제 마음 속, 제 정신 안에서 무언가를 깨달았는데, 그것은 비록 제가 인종차별이 이루어지는 미시시피에 있고 유색인종인 여성이긴 하지만, 나의 삶은 내가 보는 것보다 크고 위대한 것이 될 수 있다는 것이었습니다.

제가 4살이나 5살이던 때가 기억납니다. 분명하게 표현할 수는 없었지만 그것은 어떤 느낌이었고, 그 느낌은 제가 따르기로 결심한 것이었습니다. 그것을 왜 따르기로 했냐면, 만약 여러분이 제 성공의 비결이 무엇이냐고 묻는다면 저는 저보다 크고 제 삶을 지배하는, 만약 여러분이 행복할 때나 힘들 때나 그 기원과 자신을 접속하기를 원한다면, 찾아오는 힘이 있다고 생각하기 때문이라고 말할 것이기 때문입니다. 저는 그것을 신이라고 부릅니다. 여러분은 그것을 자기 마음대로 부를 수 있습니다. 힘, 자연, 알라신 등으로요. 만약 여러분이 자신을 그 기원과 접속하여 그 에너지를 자신의 책임 하에 둔다면, 여러분 삶의 힘을 더 커다란 힘과 접속한다면, 여러분에게 불가능은 없을 것입니다. 저 자신이 그 증거입니다. 저는 저의 삶, 즉 제가 태어난 곳, 제가 태어난 시절 그리고 제가 할 수 있었던 것과 제가 한 것들이 그 가능성을 증명해준다고 생각합니다. 제가 특별하기 때문이 아니라, 일어날 수 있는 일이기 때문입니다. 여러분 자신을 위해 크고 웅장한 꿈을 꾸십시오.

최근에 우리는 전국에 걸쳐 티나 터너를 흉내냈습니다. 왜냐하면 티나처럼 되고 싶었기 때문입니다. 그래서 저는 작고 예쁜 가발을 사서는 티나 터너처럼 꾸몄습니다. 제가 그렇게 한 이유 중 하나는 그녀가 큰 장애를 극복한 여성이기 때문입니다. 일생을 통해 구타당하며 살아왔지만 결국 이를 넘어서 아름다운 다리와 자신에 대한 애정을 지닌 인물로 거듭났습니다. 저는 장애를 극복한 다른 여성들을 찬양하고 싶습니다. 그리고 비록 티나가 뛰어난 무대를 보여주는 연예인이긴 하지만, 티나의 삶이 여러분도 자신의 장애를 극복할 수 있음을 보여주는, 당신 인생의 거울임을 말하고 싶습니다.

모든 사람들이 이룩될 수 있는 것의 힘을 이야기합니다. 그래서 저는 우리나라 곳곳의 여성들과 그들의 꿈에 경의를 표하고자 합니다. 그리고 티나의 투어는 "이루고 싶은 꿈" 투어라고 불렸습니다. 저는 여성들에게 그들의 이루고 싶은 꿈이 무엇인지를 써달라고, 말해달라고 부탁했습니다. 저의 의도는 그들의 이루고 싶은 꿈을 실현시키는 것이었습니다. 우리는 어머니는 돌아가셨고 남녀 동생들을 학교로 보내야만 했던 어린 소녀의 대학 학자금을 갚아 주었습니다. 우리는 남편에게 얻어맞으면서 자신의 딸과 함께 힘들게 대학을 다니던 여성의 제반 비용을 대주었습니다. 우리는 낙타 위에 앉아서 휴대전화를 사용해보는 것이 소원이던 암으로 죽어가던 여성을 이집트로 보내주었습니다. 우리는 자신의 집을 가지고 싶었지만 남편에게 맞고 지내다 17년 전 아이들을 데리고 집을 나와야 했던 여성에게 집 한 채를 사주었습니다. 그리고 우리는 저와 티나를 만나고 싶어했던 다른 여성들을 초대했습니다. 그들의 꿈은 이랬습니다! 우리가 그 빚을 갚았던 때를, 집을 주었을 때를, 이집트로 여행을 보냈을 때를 상상해보십시오. 그리고 저를 보고 싶다고 말하던 그 여성들의 태도를 상상해보십시오. 그들 중 일부는 이후에 "우리는 몰랐어요, 그것은 불공평해요"라고 말하며 눈물을 흘렸습니다. 그리고 전 이렇게 말했습니다. 자신을 위해 큰 꿈을 꿀 필요가 있다고. 이것이 교훈입니다. 삶에 대해 가능한 높은 이상을 품으면 그것은 실현될 수 있습니다.

가끔씩 우울해질 때 읽는 시를 여러분에게 남기고 싶습니다. 사실 저는 어떤 일이 생길 때마다, 인생에 어려운 일이 생길 때마다 그것이 무엇을 내게 가르쳐주는가, 그리고 내가 삶에 바라는 것은 신이 귓속말을 해주길 바라는 것이라고 스스로에게 말하기 때문에 별로 우울해지는 않지만요. 신은 언제나 우선 귓속말로 이야기 해줍니다. 지진이 닥치기 전에 그 귓속말을 들으려 노력하십시오. 왜냐하면 우선 귓속말로 이야기하고 나서 조금 큰 목소리가 들리고, 그러다가 결국엔 지진처럼 큰 일이 벌어지니까요. 귓속말일 때 들으려고 노력하십시오. 마야 안젤루가 이 시를 썼는데 저는 여러분에게 들려주기에 이 시 '놀라운 여인' 보다 더 좋은 것은 없다고 생각합니다. 왜냐하면 여러분이 놀라운 여성들이고 이 시는 바로 여러분을 위한 것이니까요.

그 시는 다음과 같습니다.

귀여운 여인들, 그들은 저의 비밀을 알고 싶어합니다.
저는 귀엽지도 않고 모델 같은 몸매도 아니기 때문이지요.
하지만 제가 그들에게 말할 때
그들은 말합니다. 거짓말 마세요.
그리고 저는 말합니다. 아니에요, 여러분
제 팔 안에,
제 엉덩이에,

제가 내딛는 발걸음에

제 입술의 주름에 진실이 있습니다.

저는 여성이기 때문이죠.

놀랍게도, 놀라운,

놀라운 여성이기 때문이죠.

가끔씩 저는 방으로 들어갑니다

여러분처럼 멋있게요.

그리고 남자에게 다가갑니다.

남자들은 서있거나

무릎을 꿇고 있습니다.

그리고 제 주변에 몰려들기 시작합니다.

마치 벌들이 벌집 주변을 맴돌 듯이.

그리고 저는 말합니다.

제 눈에서 타고 있는 불 때문일 것이라고,

빛나는 제 치아 때문일 것이라고,

날렵한 제 허리 때문일 것이라고,

아름다운 제 발 때문일 것이라고.

제가 아는 건 제가 여자라는 것, 당신도 여자라는 것, 우리가 여자라는
것입니다.

놀랍게도,

우리는 놀라운 여자입니다.

이제 아시겠습니까.

왜 제가 고개를 숙이지 않는지.

여러분은 제가 포기하는 모습을 보지 못할 것입니다.

제가 여러분에게 갈 때,

저를 보면 자랑스러워 할 것입니다, 자매여.

말씀드리는데,

그 이유는 제 머리칼 안에,

제 손바닥 안에 있습니다.

제가 여성이기 때문에, 당신이 여성이기 때문에, 우리가 여성이기 때문입니다.

우리는 놀라운, 놀랍게도 놀라운

놀라운 여성입니다.

바로 여러분입니다, 웰슬리 졸업생 여러분. 바로 여러분이에요.

신의 가호가 함께 하기를!

09. 스팅 <small>(Sting, Gordon Matthew Thomas Sumner, 1951. 10. 2 - 현재)</small>

음악과 고요함은 값을 매길 수 없는 소중한 선물입니다.

스팅은 잉글랜드 출신의 가수이다. 스팅이라는 이름으로 솔로활동을 하기 전에는 폴리스(The Police)라는 밴드에서 베이스 연주자로 활동했다. 어렸을 때부터 음악가가 되고 싶어했던 그는 워윅 대학을 중퇴한 뒤, 버스차장, 건설현장 노동자, 세금징수원 등 다양한 직업을 전전하다 교육대학을 다닌 후 2년간 고등학교 교사로 일하기도 했다.

수많은 앨범을 히트시킨 그는 수차례 그래미 상을 수상했으며 적지 않은 영화에 배우로서 출연하기도 했다. 국제사면위원회(Amnesty International)의 활동을 지지하는 등 환경과 인권운동에 적극적으로 참여하고 있는데, 1988년 발표된 싱글 〈They Dance Alone〉은 칠레 피노체트 통치 하에서 실종된 이들의 어머니들을 형상화하기도 했다. 또 세계 열대우림의 보존을 목적으로 하는 열대우림재단을 설립하기도 했다.

이 연설은 1994년 5월 24일, 버클리 음악대학(Berklee College of Music)에서 행한 졸업축사이다.

이 자리는 제 자신이 전혀 계획하지 않았던 것입니다. 그렇지만 저는 여기 왔고, 여러분 모두는 저에게서 무언가 조리 있고, 어쩌면 의미 있는 무언가가 제 입에서 나오기를 기대하고 계시군요. 노력은 하겠지만 보장은 못하겠습니다. 사실 제가 조금 긴장하고 있다는 걸 말해야겠군요. 아마 여러분은 운동장에서 공연을 하면서 사는 사람이 어떻게 그럴까하고 생각할지도 모르겠습니다. 하지만 저는 사람들로 가득 찬 운동장 한가운데에 서서 스스로에게 똑같은 질문을 하곤 합니다. "도대체 내가 어쩌다 여기 오게 된 거지?" 간단하게 대답하자면 저는 음악가라는 것입니다. 그리고 여러 가지 이유로, 저는 음악가가 되겠다는 생각 말고는 어떤 야망도 가져본 적이 없습니다. 그러니 설명을 드리면서 이야기를 시작하겠습니다.

저의 가장 첫 기억은 음악과 관련된 저의 첫 기억이기도 합니다. 어머니가 피아노를 연주하실 때 발치에 앉아 있던 것이 기억나는 군요. 어머니는 항상 탱고를 연주하셨습니다. 아마도 당시의 유행이었던 것 같은데, 잘 모르겠군요. 피아노는 브라스 페달이 닳은 직립형이었습니다. 탱고를 연주하실 때 어머니는 전혀 다른 세상으로 간 것처럼 보였습니다. 어머니의 발은 라우드 페달과 소프트 페달 사이를 주기적으로 움직였고, 팔은 탱고의 기묘한 리듬에 맞춰 들썩였습니다. 어머니의 눈은 앞에 놓인 악보에 집중해 있었죠.

어머니에게 있어 피아노를 연주할 때는 제가 어머니 세상의 중심이 되지 않는 유일한 시간이었습니다. 어머니가 저를 무시하는 유일한 때였죠. 그리고 저는 무언가 중요한, 일종의 의식이 그곳에서 거행되고 있다는 것을 알았습니다. 저는 제가 일종의 미스테리 속으로 들어가고 있었다고 생각합니다. 음악이라는 미스테리 속으로요.

그리고 저는 피아노를 동경하기 시작했고, 계속하면 언젠가는 소음이 음악으로 변할 거라는 망상을 하며 되는대로 피아노를 두들기며 시간을 보내고는 했습니다.

저는 지금도 어머니 덕분에 생긴 이런 망상 하에서 음악가의 귀와 배관공의 손을 가지고 애쓰고 있습니다. 어쨌든 처지가 어려워져서 피아노는 팔아야만 했고, 무조음악가로서의 제 경력은 다행히도 정지되었습니다. 그러다가 제 삼촌이 캐나다로 유학을 떠나면서 낡은 줄 다섯 개가 달린 오래된 스페인 기타를 남겼고, 제 크고 둔한 손가락은 음악적 안식처를 찾았습니다. 그리고 저는 이후 최고의 친구가 될 것을 찾은 것이죠. 피아노는 이해할 수 없는 것처럼 보였던 반면에, 기타를 가지고는 거의 즉석에서 음악을 만들 수 있었습니다.

멜로디와 코드, 음악의 구조들이 제 손가락 끝에 떨어졌습니다. 라디오로 노래를 듣고 나면 꽤 그럴듯하게 연주를 할 수 있었습니다. 기적이었죠. 그저 연주하고, 기적 같은 일에 기뻐하면서, 그리고 부모님을 나이 들게 하면서 세월이 흘러갔습니다.

하지만 이것은 부모님의 첫 번째 실수였습니다. 음악은 중독이고 종교이며 질병입니다. 치료제도 없습니다. 해독제가 없는 것이죠. 저는 완전히 빠져들고 말았습니다.

당시 잉글랜드에선 라디오 방송국이 BBC 하나뿐이었습니다.

비틀스, 롤링 스톤즈와 함께 약간의 모차르트, 베토벤, 글렌 밀러 그리고 심지어는 블루스 음악도 들을 수 있었죠. 이것이 제가 받은 음악교육입니다. 부모님이 가지고 있던 로저스와 해머스타인, 러너와 로우, 엘비스 프레슬리, 리틀 리처드, 제리 리 루이스 등의 음반들도 포함되었습니다. 하지만 비틀즈를 알게 되고 나서야 저는 어쩌면 음악으로 생계를 유지할 수도 있겠다는 생각을 하게 되었습니다.

비틀즈는 저처럼 노동자계급 출신이었습니다. 그들은 영국인이었고, 그들의 고향인 리버풀은 제 고향보다 더 화려하거나 로맨틱한 곳은 아니었습니다.

그 이후에도 무엇이 사실이고 무엇이 사실이 아닌지 기억할 수 없을 정도로 제 일생에 많은 일이 일어났습니다. 저는 공식적인 음악 교육은 받은 적이 없습니다. 하지만 저는 바보 같은 행운과 교활한 잔꾀, 그리고 호기심으로 위험을 감수하려는 태도가 결합되어 성공을 얻을 수 있었다고 생각합니다. 저는 아직도 그런 식으로 행동하고 있습니다. 하지만 여러분의 음악에 대한 호기심은 결코 채워지지 않을 것입니다. 여러분은 제가 잘 모르는 음악에 대한 지식으로 자신을 채울 수 있습니다. 배울 것은 언제나 존재합니다.

자, 음악가들은 사실 사회에 있어 그렇게 좋은 역할 모델은 아닙니다. 우리는 그렇게 좋은 평판을 갖고 있지는 않습니다. 바람둥이, 알콜 중독자, 마약 중독자, 이혼부양료 회피자, 세금 회피자이지요. 게다가 전 아직 락 음악가들에 대해서는 말도 꺼내지 않았습니다. 클래식 음악가들도 역시나 평판이 좋지 않습니다. 그리고 재즈 음악가들은... 아 그만하죠! 하지만 음악가들이 연주를 할 때, 즉 자신만의 음악 세계로 들어갈 때 여러분은 놀이를 하는, 순진하고 호기심에 차서 그저 미스테리라고밖에는 할 수 없는 것들을 놀라운 눈으로 바라봅니다.

악기는 우리를 이 미스테리와 연결해주고 음악가는 이 놀라운 느낌을 그가 죽는 날까지 간직합니다. 저는 위대한 작곡가 길 에반스가 세상을 떠나기 몇 년간을 그와 함께 지내는 특권을 누렸던 적이 있습니다. 그는 여전히 타인의 의견을 듣고 새로운 생각에 마음을 열었으며, 여전히 음악의 경이로움을 수용하는 사람이었습니다. 여전히 호기심에 찬 어린이였지요.

우리는 여기 예복을 입고 졸업장과 실력에 대한 학위를 가지고 서있습니다. 어떤 학위는 그저 명예에 그치는 것이고 어떤 것은 대단한 노력을 통해 얻은 것이지요. 우리는 조화와 대위법을, 작곡과 편곡, 편성의 기법을 배웠으며 주제와 리듬의 동기를 발전시키는 법을 배웠습니다. 하지만 우리들 중 누가 음악이 무엇인지 정말로 알고 있을까요? 그것은 그저 물리학인가요? 수학? 연애 이야기? 상업? 왜 음악이 우리에게 중요할까요? 음악의 본질은 무엇입니까?

저는 아는 척조차 할 수 없습니다. 수많은 노래를 쓰고, 그걸 발표하고, 판매 차트에 오르기도 했습니다. 그래미 상과 수많은 작품이 저게 진정으로 성공적인 작곡가임을 말합니다. 하지만 만약 누군가가 저에게 어떻게 곡을 만드냐고 묻는다면, 저는 "정말로 모르겠습니다"라고 대답할 수밖에 없습니다. 정말로 그것들이 어디서부터 오는지 저는 모릅니다. 멜로디는 언제나

105

어디선가 마치 선물처럼 다가왔습니다. 여러분은 그저 감사하는 마음으로 다음에도 다시 한번 은총이 있을 것이라고 기도하는 것을 배워야 합니다. 여러분은 은유 없이는 곡을 만들 수 없습니다. 기계적으로 가사와 코러스와 브릿지 부분을 구성할 수는 있지만 중심 은유가 없다면 여러분은 아무것도 얻을 수 없습니다.

저는 가끔 궁금해합니다. 멜로디와 은유는 어디서 오는 것인가? 만일 가게에서 그것들을 구입하는 게 가능하다면 구입하려는 사람들의 대열의 맨 앞을 차지할 텐데. 저는 이 신비한 것들을 찾는 데에, 영감을 찾는 데에 시간을 소비했습니다.

역설적이게도 저는 음악에서 고요함의 중요함을 믿게 되었습니다. 악구 다음에 오는 고요함의 힘의 예는 다음과 같습니다. 베토벤 5번 교향곡의 첫 4음율 이후에 오는 극적인 고요. 아니면 마일스 데이비스가 독주를 할 때 음율 사이의 여백. 음악에서의 휴지에는 대단히 독특한 무엇이 있습니다. 여러분은 페달에서 발을 떼고 주의를 기울입니다. 저는 음악가로서, 우리가 하는 가장 중요한 일이 그저 고요함의 구조를 제공하는 것인지가 궁금합니다. 저는 고요함 그 자체가 음악의 핵심에 있는 미스테리인지가 궁금합니다. 고요함은 가장 완벽한 음악일까요?

작곡은 제가 아는 유일한 명상법입니다. 그리고 멜로디와 은유가 선물처럼 제게 찾아오는 것은 오직 고요함 속에서뿐입니다. 현대를 사는 사람들에게 진정한 고요는 경험하기 힘든 것입니다. 고요는 사실 사람들이 피하려고 하는 것이죠. 아무 소리도 들리지 않는 3분간은 매우 긴 시간처럼 들립니다. 고요는 우리로 하여금 평소에 관심 밖에 있던 생각과 감정에 주의를 기울이게 합니다. 어떤 사람들은 이런 것들을 거북한 것, 심지어는 무서운 것으로 여깁니다.

고요함은 불편합니다. 왜냐하면 고요함은 영혼의 파장이기 때문입니다. 우리가 음악에 아무런 여백도 남기지 않는다면, 그리고 이런 면에서 저도 다른 사람처럼 죄책감을 느껴야 할 것 같습니다만, 우리는 특징적인 문맥으로서의 소리를 잃게 됩니다. 음악이 더 큰 불안감을 만들기 위해 불안감으로부터 태어나는 경우가 자주 있습니다. 그것은 우리가 여백을 남기기를 두려워하는 것과 같습니다. 위대한 음악은 음표 자체뿐만 아니라 음표 사이의 공간에도 관련된 것입니다. 한 소절의 휴지는 그보다 앞서오는 16분 음표의 한 소절만큼이나 중요하고 의미심장한 것입니다. 지금 제가 이곳에서 말씀드리고 싶은 것은 만약 누군가가 저에게 종교가 있느냐고 물으면 저는 항상 이렇게 답할 거라는 것입니다. "예, 저는 독실한 음악가입니다." 음악은 저를 지적이고 초자연적이면서 신성한 무언가와 접촉하도록 해줍니다.

어떻게 어떤 음악은 우리를 감동으로 눈물 흘리게 하나요? 왜 어떤 음악은 말로 형언할 수 없이 아름다운 것입니까? 저는 사무엘 바버의 "현을 위한 아다지오"나 포레의 "파반", 오티스 레딩의 "부둣가" 같은 노래가 전혀 질리지 않습니다. 이 곡들은 제가 이해할 수 있는 유일한 종교적 언어로 저에게 이야기합니다. 이 곡들을 들으면 저는 깊은 명상의 상태에, 경이로운 상태가 됩니다. 이 곡들은 저를 침묵하게 합니다.

음악을 말로 설명하는 것은 매우 힘이 듭니다. 말은 음악의 추상적 힘을 드러내는 데에 부적절합니다. 우리는 말을 시로 바꿔 음악이 이해되는 방식으로 이해될 수 있도록 할 수 있습니다. 하지만 말은 음악이 이미 가지고 있는 위치를 동경할 뿐입니다.

음악은 아마도 가장 오래된 종교의식일 것입니다. 우리 선조들은 영혼의 세계를 자신의 목적대로 불러오기 위해, 우주를 이해하기 위해 멜로디와 리듬을 사용했습니다.

제가 말씀드리고자 하는 것은 음악가로서, 수천 관중 앞에서 매일 공연하는 음악가이든지, 아니면 술집이나 작은 클럽에서 공연하는 그저 그런 음악가이든지, 아니면 전혀 성공을 하지 못해서 집에 있는 고양이 앞에서 혼자 공연하는 그런 음악가이든지 간에, 우리는 영혼을 치유할 수 있고 영혼이 상처받았을 때 이를 되살릴 수 있는 어떤 일을 하고 있다는 것입니다. 당신이 수백만 달러를 벌든지 아니면 1센트도 벌지 못하든지, 음악과 고요함은 값을 매길 수 없는 소중한 선물입니다.

여러분이 항상 그것들을 얻기를 바랍니다. 그것들이 여러분과 항상 함께하기를 바랍니다.

10. 보노 (Bono/Paul David Hewson, 1960. 5. 10 – 현재)

미래는 정해져 있지 않습니다.

아일랜드의 더블린 태생인 보노(본명 폴 데이비드 휴슨)는 아일랜드의 락밴드 U2의 리드싱어로, U2가 발표한 거의 모든 노래의 작사를 담당했다. 1976년 결성된 4인조 락밴드 U2는 정치, 사회, 종교, 문명, 인종차별, 환경문제 등 사회인식과 따뜻한 인간애를 담은 노래로 전세계 음악팬들로부터 많은 사랑을 받아왔다.

U2는 2001년 그래미상 시상식에서 〈All That You Can't Leave Behind〉에 수록된 '아름다운 날(Beautiful Day)'이란 노래로 '올 해의 레코드', '올해의 노래', '최우수 락그룹'의 3개 상을 받았으며, 2002년 그래미상 시상식에서는 〈Walk On〉으로 '올해의 레코드', '베스트 팝 퍼포먼스 그룹', '최우수 록그룹' 부문 등을 수상했다.

현재 보노는 빈국의 부채탕감과 같은 문제에서 영향력 있는 로비스트로 활동하고 있는데, 2002년 초에는 폴 오닐 미국 재무장관과 함께 아프리카를 방문했으며 미 시사주간지 〈타임〉은 '보노가 세계를 구할 것인가'라는 기사를 싣기도 했다. 2002년 2월 열린 세계경제포럼(WEF) 연례총회에서는 토론자로서 제3세계의 부채를 탕감해줄 것을 호소했다. 영국 왕실로부터 명예 기사작위를 받았으며 노벨평화상 후보로 지명되기도 했다.

이 연설은 2004년 5월 17일 미국 펜실베니아 대학(University of Pennsylvania)에서 행한 졸업축사이다.

저의 이름은 보노이고 저는 락 가수입니다. 저는 흥분하면 네 글자로 된 말을 쓰니 절 흥분시키지들 말아주세요. 저는 그저 부모님들에게 여러분의 자녀들이 안전하고, 여러분의 나라가 안전하며, 연방통신위원회(FCC)가 저에게 무언가를 알려주었으며, 오늘 제가 사용할 유일한 네 글자짜리 단어는 펜(PENN)이라는 걸 말하고 싶을 뿐입니다. 생각해보니 보노(Bono)라는 말도 네 글자군요. 경망스러움 그 자체라고 할까요, 저는 락 가수가 졸업예복을 입고 있는 것보다 더 안 어울리는 광경은 없다고 생각합니다. 강아지한테 격자무늬 옷에 모자를 씌어놓은 것 같네요. 그건 자연스럽지 않죠. 그리고 그런다고 개가 더 똑똑해지는 건 아니잖아요.

예전에 U2 멤버들과 함께 이곳에 왔던 게 사실입니다. 저에게 여러분 같은 훌륭한 삶을 얻게 해주셔서 감사드립니다. 저에게는 제가 축구경기장에서 수천 관중들에게 이야기할 때 같이 있어주는 훌륭한 락앤롤 밴드가 있습니다. 그리고 7년 전 여기에 그들은 저와 함께 있었습니다. 사실 그때 전 옷에 약간 문제가 있었습니다. 그때 전 반짝이 의상을 입고는 40피트나 되는 회전하는 레몬에서 등장했죠. 그것은 우주선과 디스코 장과, 플라스틱 과일이. 결합한 일종의 혼합물이었죠. 아마도 이곳 대학 평의회의원들이 저를 오늘 이 자리에 부른 건 바로 그 일 때문이 아닌가 생각합니다.

법학박사라, 이야! 그건 정말 명예로운 것이죠, 정말로요, 하지만 여러분 확신할 수 있습니까? 법학박사에 대해서 생각하면 저는 제가 위반했던 모든 법들이 생각나는군요. 자연법칙들, 물리학법칙들, 펜실베니아연방법, 그리고 70년대 후반의 기억할 만한 어느 날 밤에, 뉴튼의 멀미법칙도 위반했었죠. 아니요, 사실입니다. 제 이력서를 보시면 전과기록서를 보는 것 같습니다. 저는 사실을 말해야만 합니다. "우리가 지금 자신에 대해서 하는 거짓말은 무엇인가? 우리 시대가 보지 않고 있는 것은 무엇인가? 펜실베니아 대학을 졸업한 후 할만한 가치 있는 일은 무엇인가? 아마도 단순한 일일 것이다. 모든 인간은 동일한 가치를 지니고 있다는 믿음을 거부하는 것처럼 단순한 일일 것이다. 정말 가치가 동일하냐구요? 정말 가치가 동일하냐구요?" 저는 수많은 법을 위반해왔고 그 법들에 대해 깊이 생각하지 않았습니다. 저는 생각으로, 말로, 행동으로 죄를 지었고 신은 저를 용서해주십니다. 정말로 신은 저를 용서했습니다. 하지만 여러분은 왜 저를 용서하시죠? 저는 여기에서 박사 학위를 받고, 존경을 받고, 권력을 얻고 있습니다. 저는 이것들이 학생 여러분에게 이 강력한 메시지를 전달해주기를 희망합니다. 죄를 지으면 반드시 그 대가를 치르게 된다는 것을.

그래서 저는 영국의 극작가 존 모티머가 한 말, "법에는 걸출함 대신에 상식과 상대적으로 깨끗한 손톱이 필요하다"를 마음에 새기며 이러한 영광을 받아들입니다. 글쎄요, 저는 그 둘 중에 겨우 하나만 가지고 있을 뿐인데요. 그런데 저는 대학에 간 적이 없습니다. 여러 곳에서 잠을 자봤지만 대학 도서관에서는 한 번도 그런 적이 없어요. 저는 70년대에 더블린에서 자라면서 락앤롤을 연구했습니다. 음악이 저를 깨웠고 세상을 알게 해주었죠. 제가 크래쉬(The Clash)라는 밴드를 알게 된 것이 17살

111

때였는데 그건 마치 혁명과 같았습니다. 크래쉬는 마치 기타를 가지고 하는 공익광고 같았다고나 할까요.

저는 그들의 겉모습만을 보는 대중들의 하나였습니다. 이후에 저는 많은 사람들이 그들의 티셔츠를 얻기 위해 열광하는 것을 알았습니다. 사람들은 부츠를 신었지만 행진을 하지는 않았습니다. 사람들은 자신의 머리에 병을 내리치곤 했지만 그보다 더 힘든 일은 하지 않았습니다. 지역회의에 참석하는 일 같은 것 말이죠. 그런데 저는 최근에야 저 자신이 그렇게 느꼈습니다. 저는 변화가 느리게 오는 걸 원하지 않았습니다. 고통스러울 정도로 느린 그런 변화 말입니다. 저는 정치적·사회적 진보의 가장 큰 걸림돌은 프리메이슨이나, 사회기득권층 같은 사람들이 아니라는 사실을 인식하지 못했습니다. 걸림돌은 오히려 더 미묘한 곳에 있었습니다.

교무처장님이 방금 전 말했듯이 우리의 무관심, 그리고 사람들이 관료주의의 복도에서 사라지곤 하는 카프카적인 미로가 결합한 것이 바로 그것입니다. 그리고 좋든 나쁘든 제가 받은 교육이 그랬습니다. 저는 음악이 제 삶에 변화를 가져올 것이라는 분명한 생각을 가지게 되었고, 제가 노력하면 다른 사람의 삶도 변화시킬 것이라고 생각했습니다. 그 노력이란 만약에 당신이 락밴드의 가수라면 맥가이버 머리를 하는 것 같은 분명한 함정을 피할 수 있다는 것이죠. 만약 여기 맥가이버 머리가 뭔지 모르는 분이 계시다면 여러분이 받은 교육은 분명히 완전한 것이 아닙니다. 저는 돈을 돌려 달라고 하겠어요. 저 같은 리드 싱어에게 맥가이버 머리는 아마도 마약 문제보다 더 위험한 게 아닌가 해요. 예, 저는 80년대에 맥가이버 머리를 했습니다.

이제 슬슬 교수님들이 불편한 표정을 하면서 박사학위 대신에 명예 학사학위를 주었어야 한 게 아닌가 생각하겠죠. "학사로 줬어야지, 맥가이버 머리니 뭐니 그런걸 이야기하고 있잖아"하고요. 그리고 만약에 교수님들이 저에게 도대체 여기서 뭐하고 있냐고 묻는다면, 전 정말 온당한 질문이라고 생각합니다. 저는 여기서 뭘 하고 있는 건가요? 더 나아가서 여러분은 여기서 무얼 하고 있나요? 이렇게 이야기해도 된다면, 이것이 아이비리그 교육의 이상한 마무리라고 할 수 있습니다. 저 역사적인 건물들 안에서 위대한 사상에 대해 생각하며 4년간을 보내고 나서 지금 여러분은 축구경기가 더 어울릴법한 경기장에 앉아 아일랜드 출신의 락 가수가 주로 자기 자신에 대해 말하는 것을 듣고 있습니다. 여러분은 여기서 무얼 하고 있는 건가요?

사실 전 지난 주 신문에서 개구리 커밋(Kermit the Frog)이 어딘가에서 졸업연설을 하는 걸 봤습니다. 한 학생이 불평을 하더군요. 4년간 힘들게 공부했더니 겨우 양말이 하는 연설을 듣다니? 여러분은 바로 이것을 위해 열심히 공부했습니다. 여러분은 4년간 이곳 사상의 시장에서 여러분이 가진 것을 사고, 팔고, 거래하며 지냈습니다. 지적인 번잡함이었죠. 여러분 부모님의 주머니는 텅 비어도 여러분 주머니는 꽉 차있었습니다. 이제 여러분은 무엇이 쓰여진 건지를 생각해봐야 합니다. 변화에 대한 이율은 낮지 않습니다. 위대한 사상들은 비싸죠. 대학은 위대한 사상들의 일정 부분을 자기 몫으로 차지해왔습니다. 벤자민 프랭클린이 그랬고 브레넌 대법관도, 그리고 제 생각에 주디스 로딘 총장도 그럴 것이구요. 정말 멋진 여성이죠? 그들 모두는 말한 바를 잘 지키거나 신념과 교육에 따라 산다거나 하고 싶다면 돈이 든다는 것을 알았습니다. 그리고 제가 궁금한 것은 이것입니다. 위대한 사상이란 무엇인가? 여러분의 위대한 사상은 무엇인가? 여러분은 펜실베니아 대학 담장 바깥의 어떤 일을 추구하는 데 당신의 도덕과 지성과 돈과 땀을 바칠 것인가?

브랜던 케넬리라는 훌륭한 아일랜드 시인이 있습니다. 그는 유다의 책이라는 연작시의 작가인데 그 시의 다음 구절이 저의 마음을 떠나지 않습니다. "시대에 기여하고자 한다면, 그것을 배반해라." 시대를 배반한다는 말은 무엇을 의미하는 것일까요? 저는 그 말이 시대의 독단을 드러내는 것, 시대의 결점과 위선적인 윤리를 고발하는 것이라고 생각합니다. 그 말은 시대의 비밀을 구별해내어 냉혹한 진실과 맞닥뜨리는 것이라고 생각합니다. 모든 시대는 각자의 윤리적 맹점을 지니고 있습니다. 우리가 그것을 못 보더라도 우리의 아이들은 보게 될 것입니다. 노예제도는 그러한 맹점 중의 하나였고 그 시대에 가장 기여한 사람은 노예제도가 사악하고 비인간적이라고 외친 사람들일 것입니다. 벤자민 프랭클린은 그가 펜실베니아 노예제도 폐지협회의 회장이 되었을 때 그것을 외쳤습니다. 흑백분리라는 다른 문제가 있었지요. 미국이 그 시대를 배신하는 데에는 시민권운동이 필요했습니다. 그리고 50년 전 미 연방대법원은 1954년 5월 17일의 '브라운 대 (토피카) 교육위원회' 판결을 통해 분리는 평등함과 같다는 생각이 거짓임을 밝힘으로써 시대를 배반했습니다. 그렇고 말고요.

50년 후인 2004년 5월 17일로 돌아와 보면, 바로 지금 배반할 만한 생각에는 무엇이 있을까요? 지금 우리가 자신에게 하는 거짓말들은 무엇입니까? 우리 시대의 맹점은 무엇입니까? 대학 졸업 이후의 삶을 바칠 만큼 가치 있는 일은 무엇일까요? 그건 어쩌면 간단한 일인지도 모릅니다. 인간 각자의 삶은 동일한 가치를 지녔다고 믿는 걸 거부하는 것만큼이나 간단할지도 모릅니다. 정말 가치가 동일하냐구요? 정말 가치가 동일하냐구요?

여러분 각자는 아마도 자신만의 대답을 가지고 있을 것입니다. 하지만 저의 대답은 그렇다입니다. 그리고 제게 있어 그것을 증명해주는 것은 아프리카입니다. 아프리카는 우리가 평등에 대해 말하는 것을, 최소한 제가 말하는 것을 비웃습니다. 그리고 아프리카는 우리의 신앙심과 신념에 의문을 제기하는데, 왜냐하면 그곳에서 무슨 일이 일어나는지, 그리고 우리에게 미치는 영향에 대해 전혀 관심도 없으면서 우리는 아프리카인들이 신 앞에서 우리와 평등한 존재라고 말하기 때문입니다. 당연한 것이죠.

1985년 이곳 필라델피아에서 라이브 에이드 공연이라는 놀라운 일이 일어났습니다. 세계는 하나라고 외치는 공연이 여기서 열렸던 것 말입니다. 그 공연 이후에 저는 제 안내 알리와 함께 이디오피아로 갔습니다. 우리는 그곳에 한 달 정도 머물렀고 저에게는 아주 특이한 일이 일어났습니다. 저는 숙소 밖에서 통역과 이야기하고 있던 중이었는데 어떤 남자가 아주 예쁘게 생긴 사내아이와 함께 와서는 암하라어로 저에게 말을 거는 것이었습니다. 저는 그가 말하는 내용을 이해하지 못했지만 영어와 암

115

하라어를 동시에 할 줄 아는 간호사가 이렇게 이야기해 주더군요. 그가 저에게 자기 아들을 데려가주지 않겠냐고 말하고 있다고. 그는 부디 자신의 아들을 데려가면 좋은 아들 노릇을 할 거라고 말하고 있었습니다. 저는 당황했고 그는 이렇게 계속 말했습니다. "제 아들을 데려가시지 않으면 제 아들은 반드시 죽게 될 것이므로 데려가주십시오. 제 아들을 아일랜드로 데려가신다면 교육을 받을 수 있을 겁니다." 아마도 오늘 우리가 이야기하고 있는 식의 교육을 말하는 것이겠지요. 저는 안 된다고 말해야만 했습니다. 그것이 그 지역의 규칙이고 저는 그 남자에게서 멀어졌습니다.

저는 정말로 그에게서 멀어졌던 것이 아닙니다. 그 소년과 소년의 아버지에 대해 생각하면서 저는 여행을 시작해서 이곳 경기장까지 오게 되었습니다. 왜냐하면 그때 저는 신이 만드신 이 푸른 지구 위에서 가장 최악의 죄인이, 이유를 대고 빠져나온 락 가수가 되었기 때문입니다. 이런! 그것은 이유가 아닙니다. 7,000명의 아프리카인들이 에이즈처럼 예방과 치료가 가능한 질병으로 매일 죽어가는 것? 그것은 이유가 아니라 비상사태입니다. 그리고 인구 대부분이 하루 1달러 이하로 생활하기 때문에 그 질병이 통제 불가능한 상태가 되는 것? 그것은 이유가 아니라 비상사태입니다.

그리고 불공정한 무역규정과 아프리카인들의 가난을 지속시키는 불공정한 채무 때문에 분노가 쌓여간다면? 그것은 이유가 아니라 비상사태입니다. '위 아 더 월드' 같은 노래나 라이브 에이드 같은 공연을 제가 했던 이유는 자선의 성격이 강했습니다.

하지만 20년이 지난 지금 저는 자선에는 관심이 없습니다. 저의 관심은 정의입니다. 이것은 차이가 있습니다. 아프리카는 자선이 필요한 만큼이나 정의가 필요합니다. 아프리카를 위한 평등이란 거대한 사상입니다. 그건 크고 값비싼 사상이죠. 저는 와튼 졸업생들이 이제 학업을 하면서 다루어야 하는 수학에서 벗어나는 것을 봅니다. 숫자들이란 무서운 것들이죠. 물론 여러분은 그런 것에 겁먹었을 리 없지만요!

하지만 고통의 크기와 신념의 범위는 우리를 무관심으로 이끌어 넣을 나가게 합니다. 에이즈와 아프리카의 극심한 빈곤이 사라지기를 바라는 것은 중력이 없어지기를 바라는 것과 마찬가지입니다. 우리는 그걸 바랄 수는 있습니다. 하지만 도대체 그것에 대해 할 수 있는 것은 무엇일까요? 예, 생각하는 것 이상의 일 말입니다. 우리는 부정부패, 자연재해를 포함한 모든 문제를 고칠 수 있습니다. 하지만 우리는 우리가 할 수 있는 것을 해야만 합니다. 제가 말한 부채, 불공정 무역, 우리 지식을 공유하는 것, 위급한 상태의 삶을 살릴 수 있는 의약품의 지적 재산권. 우리는 이것들을 할 수 있습니다. 그리고 우리가 할 수 있기 때문에 우리는 해야 합니다. 할 수 있기 때문에 해야 합니다. 아멘.

이것은 분명한 진실이고 정당한 진실입니다. 이것은 이론이 아니고 사실입니다. 우리 세대는 빈곤을 들여다볼 수 있습니다. 우리는 빈곤과 질병을 들여다보고 진지하게 아프리카인들에게 말할 수 있습니다. 우리는 아이들이 먹지 못해 죽어가는 이 세계에서 어처구니없는 극심한 빈곤을 없애고자 하는 최초의 세대라고 말할 수 있습니다. 이것은 경제학자들이 보장해주는 사실입니다. 그것은 값비싼 사실이지만 유럽을 공산주의와 파시즘으로부터 구했던 마셜 플랜보다도 돈이 덜 드는 일입니다. 계속해서 이어지는 테러의 물결과 싸우는 것보다도 더 돈이 덜 드는 일이라고 말하고 싶습니다. 저기 경제학부 학생들인가 보군요. 좋아요.

이것은 사실입니다. 그러면 왜 우리는 주먹을 흔들며 환호하지 않는 건가요? 아마도 우리가 어떤 일에 대해 무언가를 해야 한다는 걸 인정할 때, 우리는 무언가를 해야 하기 때문일 것입니다.

역사상 처음으로 우리는 해결방법을 알고, 돈도 있으며, 생명을 살릴 수 있는 의약품도 가지고 있습니다. 그런데 우리에게 의지는 있는 건가요?

어제 이곳 필라델피아 자유의 종에서, 저는 그러한 의지를 지닌 많은 미국인들을 만났습니다. 종교원리주의적 보수주의자에서 어린 급진주의자까지 여러 사람을 보면서, 저는 이것이 가능하다는 믿을 수 없을 정도로 강한 힘을 느꼈습니다. 우리는 그것을 더 원 캠페인이라고 부릅니다. 아프리카의 에이즈와 극심한 빈곤을 없애려는 운동이지요. 그들은 우리가 할 수 있다고 믿습니다. 저도 그렇구요. 저는 진심으로 믿습니다. 저는 여러분이 이를 분명히 알아줬으면 하지만 그렇다고 따뜻한 그런 감정을 바라는 건 아닙니다. 저는 머리에 꽃을 꽂고 다니는 히피가 아니고 펑크락 가수입니다. 크래쉬는 샌들 대신 군화를 신고 활동했습니다. 저는 미국이 할 수 있다고 믿습니다! 우리 세대

118

가 이것을 할 수 있다고 믿습니다. 사실 저는 왜 우리가 할 수 없는지에 대해 누군가가 말하기를 기다리고 있습니다.

라디오로 이상주의가 전파되던 시기는 지났다는 걸 압니다. TV도 그렇죠. 대신에 괴상한 것들, 잡다한 지식들, 능글맞은 웃음, 고리타분한 농담만이 TV에 넘쳐납니다. 저는 노력을 했지만 이 말씀을 드려야겠습니다. 이 캠퍼스 바깥에는, 아니 심지어는 캠퍼스 안에도, 이상주의는 물질주의와 자아도취와 그 외 무관심을 수반하는 여러 주의에 의해 포위되어 있습니다. 데이트주의, 섹스주의, 옷주의, 돈주의 등등. 존 레논의 이상은 어디로 갔나요?

저는 여러분이 부모님과 동생들이 보는 앞에서 이상주의자가 되라고 말하고 싶지는 않습니다. 하지만 미국의 정신은 어떻습니까? 당신은 결국 그것을 받아들일 것인가요? 미국의 정신은 요즘 찾아보기 힘이 듭니다. 사실 유럽에서도 그렇고요. 아이비리그 대학가도 역시 마찬가지입니다. 하지만 이건 여러분이 미국의 정신을 어떻게 정의하느냐에 달려있습니다. 저는 여러분의 조국 미국을 사랑합니다. 저는 미국의 상당한 팬입니다. CD 안의 해설을 읽고 나서는 제 화장실까지 숨어 들어와서 왜 당신의 행동은 말과 다르냐는 식의 질문을 쏟아내는 그런 성가신 팬 말이지요. 저는 그런 종류의 팬입니다.

저는 미국 독립선언서와 미 연방헌법을 읽었습니다. 그것들을 CD 해설서라고 하죠. 어제 제가 말했듯이 저는 독립기념관으로 순례를 왔습니다. 저는 미국을 사랑하는데 그건 미국이 단순한 국가이기보다도 하나의 사상이기 때문입니다. 제 조국 아일랜드를 보시면 아시겠지만, 훌륭한 국가이기는 해도 사상은 아닙니다. 미국은 권력에는 책임이 수반된다는 사상입니다. 미국은 가장 높은 수준의 이상이되 실현하기 어려운 평등을 주장하는 사상입니다. 불가능한 것은 없다는 사상인데 제가 미국을 좋아하는 이유 중의 하나이지요. 마치 이런 거예요, 하늘에 달이 떠 있군, 저기까지 걸어가서 몇 조각 떼어서 올까. 제가 좋아하는 미국은 바로 이런 것입니다.

1771년 건국의 아버지 벤자민 프랭클린은 아일랜드와 스코틀랜드에서 3개월간 머물면서 이들과 영국의 관계를 관찰했고, 미국이 이들을 본받아 대영제국의 일부로 남아야 하는지를 생각했습니다.프랭클린은 그가 목격한 것에 크게 괴로워했습니다. 그는 잉글랜드가 아일랜드의 무역을 지배하는 것과, 영국의 부재지주들이 아일랜드의 소작농들을 착취하는지를 목격하였는데, 그가 한 말을 인용하자면 소작농들은 "진흙과 짚으로 만든 지저분하기 짝이 없는 움막에서 생활했으며 옷은 누더기 같았고 주로 감자로 끼니를 떼우며" 살았습니다.

그래서 독립투쟁에 있어서 아일랜드를 미국의 모델로 삼기보다는 미국이 아일랜드의 모범이 되었습니다. 감자 기근이 닥쳤을 때 수만 명의 아일랜드인들이 배를 타고 바로 이곳에 나타났습니다. 그리고 우리는 아직도 그 일을 되풀이 하고 있습니다. 우리는 더 이상 굶주리지 않습니다. 감자는 넘쳐납니다. 사실 여기 아일랜드 사람이 있다면, 더블린에서 온 소식을 전해드리죠. 감자 기근이 끝났으니 이제 집으로 돌아가도 된다고. 하지만 왜 우리는 여전히 미국으로 향하는 것일까요? 그것은 우리가 미국의 사상을 사랑하기 때문입니다. 우리는 미국의 거친 면을, 운명에 저항하는 정신을, 넘을 수 없는 장애물이나 고칠 수 없는 문제란 없다는 그 정신을 사랑합니다. (졸업식장 위로 헬리콥터가 지나간다.) 이런, 영국인들이 오는군요, 농담이에요. 우리가 고칠 수 없는 문제란 없습니다.

그렇다면 우리가 지닌 힘과 지혜를 쏟아 붓고자 하는 문제는 무엇입니까? 모든 시대마다 그 시대를 대표하는 투쟁이 있었고 미국의 운명은 그중 하나입니다. 유일한 예는 아닐지라도 역사를 볼 때 가장 훌륭한 다섯 가지 예의 하나로 꼽힐만합니다. 앞서 이야기 했지만 이곳은 평등사상의 실험장입니다. 신발을 더럽히고, 단단히 마음을 먹고, 술 한 잔으로 용기를 북돋은 후, 크게 소리 한 번 지르고 나아갑시다. 머리 속에 떠오르는 멜로디를 크게 노래 불러보세요, 그리고 그 누구에게도 설명할 필요가 없다는 것을, 당신 부모님에게도, 교수님에게도 설명을 할 필요가 없다는 것을 기억하세요.

저는 미래가 굳건하게 정해진 것이라고 생각하곤 했습니다. 오래된 건물처럼 이전 세대가 이사를 가거나 쫓겨나면 제가 대신 물려받는 그런 것이라고요. 하지만 그렇지 않습니다. 미래는 고정된 것이 아니라 유동적인 것입니다. 여러분은 어떤 형태이든지 자신의 건물을 세울 수 있습니다. 오두막이든 아파트든. 아, 이건 은유적 표현이라는 걸 기억하세요. 제가 말하고자 하는 것은 세계가 아직도 단련이 안 된 쇠 같은 존재이고 여러분이 망치로 모양을 내기를 기다리고 있다는 것입니다. 제가 포크가수였다면 당장에 "내게 망치가 있다면"이라는 노래를 불러서 여러분을 몸을 흔들며 따라 부르도록 했을 것 같습니다. 하지만 말했듯이 저는 펑크락을 하니까, 저는 제 맨주먹을 망치로 삼겠습니다. 여러분이 지닌 도구도 이럴 겁니다. 아직 날이 무딘 도구이지요. 그러니 어서 그것을 보완하세요. 존 아담스가 벤자민 프랭클린을 일컬어 "그는 우리가 가장 과감한 조치를 취할 때에도 그것을 보고 우리가 너무 우유부단하다고 생각하는 것 같았다"라고 말했던 것을 기억하세요. 이제 과감한 조치를 취해야 할 때입니다. 여기 조국이 있고, 여러분은 그 조국의 구성원입니다.

감사합니다.

11. 토니 모리슨 (Toni Morrison, 1931. 2. 18 – 현재)

여러분만의 작품을 만드십시오.

퓰리처 상과 노벨 문학상을 수상한 미국의 소설가. 오하이오 주 로레인에서 출생하였으며 본명은 클로이 앤터니 워퍼드(Chloe Anthony Wofford)이다. 하워드 대학교와 코넬 대학교를 졸업했다. 그녀의 작품은 서사시적 주제, 인물간의 생생한 대화, 아프리카계 미국인들에 대한 사실적인 묘사 등을 특징으로 한다.

딸이 노예가 되는 것을 막기 위해 딸을 죽이는 한 흑인 여인의 이야기를 다룬 〈사랑하는 사람(Beloved)〉(1987)으로 1988년 퓰리처 상을 수상했다. 이후 〈재즈(Jazz)〉, 〈파라다이스(Paradise)〉, 〈사랑(Love)〉 등을 발표했으며 1993년에는 아프리카계 미국인으로는 최초로 노벨 문학상을 수상했다. 대학교수, 편집자로도 활동하고 있는 그녀는 2001년도에 여성지 레이디스 홈 저널(Ladies' Home Journal)에 의해 "미국의 가장 영향력 있는 여성 30인" 중 한 명으로 선정되기도 했다.

이 연설은 2004년 5월 28일, 웰슬리 대학교(Wellesley College)에서 행한 졸업축사이다.

총장님, 평의회 의원 여러분, 교수님들, 학생 여러분과 친구, 가족 여러분. 여러분에게 고백해야 하겠습니다. 저는 2004년 웰슬리 대학 졸업식의 축하연설 부탁을 받아들이면서 일종의 상충되는 감정을 느꼈습니다. 저의 첫 반응은 매우 큰 기쁨이었습니다. 이 유명한 대학의 행사에 개인적으로 그리고 공식적으로 참가하게 된 것에 강한 기쁨의 감정을 느꼈습니다. 125년의 여성교육의 역사를 가진 대학, 부러워할만한 졸업연설자들, 세계에 변화를 가져오는 데에 있어 수년의 세월이 걸린 대학의 헌신, 그리고 처음부터 이후 수년간 여성대학이 직면해야 했던 저항들. 정말 특별한 기록들이지요. 그리고 저는 학교로 돌아와 졸업식에 참석해달라는 요청에 매우 기뻤습니다.

하지만 저의 두 번째 반응은 그다지 좋지 않았습니다. 저는 이 특별한 졸업생들 앞에서 어떤 말을 해야 하는가에 대해 생각하면서 크게 걱정했습니다. 왜냐하면 500명의 훌륭한 교육을 받은 여성들에게, 그리고 긴장감에서 해방되었고 희망과 불안을 동시에 간직하고 있는 친지들과 친구들에게 무엇을 정직하게 말해야 할지 막막했기 때문입니다. 또 리더십과 필요한 사항을 제공했던 대학 교수진과 행정처에는 무엇을 말해야 할지요. 예, 물론 저는 친지들과 친구들에게, 젊음은 항상 무례한 법인데 왜냐하면 젊음은 이전 세대의 자리를 물려받는 것을 넘어서, 이전 세대에 대해 완전한 승리를 거두기 때문이라고 말할 것입니다.

그리고 저는 교수진과 행정 관계자 여러분이 이미 알고 있는 사실을 상기시켜드리고자 합니다. 여러분이 하는 일은 둘도 없이 중요한 일이며 세상에서 으뜸가는 직업이라는 것 말입니다.

이제, 물론 졸업생들에게 여러분이 처한 상황에 적합한 것들을 언급하겠습니다. 미래, 과거, 현재, 그리고 무엇보다도 행복에 대해서요. 미래에 대해서 말하자면, 저는 좀 진부한 이야기를 해야겠습니다. 미래는 마음먹기에 달려있다 같은 말이요. 아니면 미래는 네가 만드는 것이다라는 말도 있죠. 하지만 사실 미래는 여러분 마음먹기에 달린 것이 아닙니다. 그리고 미래는 여러분이 만드는 것도 아닙니다. 또한 미래는 타인이 만드는 것이고, 타인이 어떻게 미래에 참가하고 미래에 대한 여러분의 경험에 어떻게 영향을 미치느냐의 문제입니다.

하지만 저는 미래에 대해 더 이상 이야기하지 않겠습니다. 왜냐하면 저는 미래란 것이 있는지에 대해서도 확신을 못하기 때문에, 미래에 대해서 이야기하거나 예측하는 것을 주저하기 때문입니다. 다시 말해서, 저는 정치적 이해, 기업의 이해, 그리고 군대의 이해라는 급증하는 삼각관계가 살기 좋고 인간미 어린 미래를 문자 그대로 없애버릴 수는 없을 거라고 확신할 수 없습니다. 왜냐하면 저는 3권의 분립, 표현의 자유, 종교적 관용 또는 침해할 수 없는 시민의 자유 같은 것에 당연하게 의존할 수는 없다고 생각하기 때문입니다. 즉 시간의 흐름 속에서 유한한 인간은 무한한 피해를 가져오는 결정을 합니다. 유한한 인간은 자신의 능력 범위 밖에 있는 도덕과 강한 힘을 끊임없이 요구합니다. 그러니 미래에 대해서는 즐거운 이야기를 할 수 없습니다.

아마도 과거는 더 좋은 입장을 제공할지 모르겠습니다. 여러분들은 이미 대단히 지적인 여성대학이라는 옛 전통을 공유하고 있습니다. 그리고 그 과거와 전통은 이해하고 보존할만한 중

125

요성을 지니고 있습니다. 존경하고 후대에 물려줄만한 가치가 있지요. 여러분은 이미 여러분이 물려받은 역사적, 경제적, 문화적 과거를 평가하는 일종의 전략들을 배웠습니다. 하지만 제 연설이 강조하려는 것은 국가적 과거의 훌륭함이 아닙니다.

여러분은 이 유산이 기술된 것을 보고 흐릿한 사과와 일종의 슬픔이 함께하는 것을 발견했을 것입니다. 왜냐하면 이것은 여러분에게 충분하지 않기 때문입니다. 과거는 부당하게 처리된 현재에 빚을 지고 있습니다. 게다가 여러분이 듣거나 배운 것과는 반대로 과거는 끝나지 않았고, 비판받고 분석되고 새로운 사실을 드러내면서 여전히 진행 중입니다. 과거는 새롭게 조명되고 깊은 반향을 울리면서 이미 변화하고 있습니다. 사실 과거는 여러분이 과거의 책임회피, 왜곡, 거짓말 들을 찾아내고 비밀을 드러내고자 하는 마음이 있다면, 우리가 상상한 미래보다도 훨씬 더 자유로울 수 있습니다.

하지만 다시, 자신만의 과거를 만들고 있는 사람들을 위해 과거를 탐색하는 것은 매우 부적당하게 여겨집니다. 그래서 저는 졸업생인, 졸업생이자 세계의 시민인 여러분의 책임에 초점을 맞추어, 학교 밖으로 나가 세계를 구해달라는 충고 겸 소원을 다시 한번 말씀드리고 싶습니다. 열정과 올바른 생각으로 여러분은 분명히 세계를 향상시키고 심지어는 구할 수도 있을 것입니다. 이것은 이전 세대가 다음 세대에 물려주는 무거운 짐입니다. 왜냐하면 세계를 구하지 말고 그저 사랑해야 하며, 세계는 이미 상처받고 숨을 헐떡이고 있기 때문에 해를 입히지 말아야 하는 것이 우리가 공유해야 할 책임이기 때문입니다. 세계에 상처를 주지 말고 또 그러려는 사람을 용납하지 맙시다. 돈으로 만든 깃발을 펄럭이는 약탈자들을 구분합시다. 그들은 이 행성을 유리한 위치에 있는 자만이 돈을 따는 카지노로 만들기 위해 무슨 일이든 할 것입니다. 하지만 저는 여러분 스스로 자신의 책임이 무엇인지를 결정하는 것이 더 좋다고 생각합니다. 만약 제가 결정을 한다면, 저는 여러분이 받은 교육은 헛된 것이고 여러분은 자신의 책임이 무엇인지를 스스로 결정하지 못한다고 생각할 것입니다.

이제 제가 약간 무시해왔던 마지막 주제만 남았군요. 행복 말입니다. 아마 지금이 여러분 인생의 최고의 시간이라는 말을 많이 들었을 것입니다. 아마 그럴지도 모릅니다. 하지만 지금이 여러분 인생에서 최고의 시간이라면, 만약 여러분이 이미 최고의 시간을 이전에 경험했거나 지금 경험하고 있다면, 아니면 몇 년 후에 최고의 시간이 찾아온다면, 저는 여러분에게 애도의 말씀을 드려야겠습니다. 왜냐하면 여러분은 이른바 최고의 시간에 남아서 성장은 안 하고, 오직 모든 상인들이 여러분이 남아 있도록 바라마지 않는 청춘기만을 바라보고 느끼길 원할 것이기 때문입니다.

좋은 옷, 정교한 장난감, 완벽한 다이어트, 부작용 없는 꼭 먹어야 할 약, 이번이 꼭 마지막이라는 수술, 대단한 화장품. 이 모든 것들이 만족을 느끼지 못하도록 고안된 것들이지요. 어린이들은 어른이 되기를, 어른들은 영원히 어린이가 되기를 유혹받습니다. 저는 행복이 여러분이 이곳에서 공부한 이유라는 것을, 여러분이 함께하고자 하는 것이고 여러분이 얻고자 하는 직업의 목적이라는 것을 알고 있습니다. 여러분은 행복해질 자격이 있고 저는 여러분이 행복을 얻기를 바랍니다. 모든 사람이 행복해야 합니다. 하지만 여러분 마음 속에 행복에 대한 생각만 있다면 저는 여러분에게 동정심을 느낄 것입니다. 그리고 만약 지금이 당신 인생의 최고의 시간이라면, 저는 진심으로 애도의 감정을 느낄 것인데 그 이유는 진정한 성인이 되는 것보다 더 만족스럽고 기쁜 일은 없기 때문입니다. 여러분 앞에는 성인이라는 기간이 기다리고 있습니다. 성인이 되는 것은 피할 수 없습니다. 성인이 되는 것은 쉽게 얻을 수 없는 아름다움이고, 참으로 힘겹게 얻어지는 영광입니다. 상인들과 시시한 문화가 여러분에게서 그것을 빼앗아가지 못하게 하십시오.

이제 저는 미래나 과거, 현재, 현재에 대한 여러분의 책임, 그리고 행복에 대해서 영감을 주거나 희망에 찬 이야기는 할 수 없습니다. 여러분은 왜 제가 오늘 이 자리에 섰는지 궁금할 것입니다. 세상사가 이렇게 음울하고 불확실하다면, 여러분은 자신에게 물을 것입니다. "나는 무엇을 해야 하지? 내 삶은 어떻지?" 저는 여러분에게 이 세상에 태어나라고 요청한 적이 없습니다. 실례지만 제 생각은 다릅니다. 예, 그렇습니다. 사실, 여러분은 적극적으로 이 세상에 태어난 것입니다. 이 세상에 태어나지 않는 것은 너무 쉽고, 너무 흔한 일입니다. 지구상에 여러분이 존재한다는 사실은 여러분에게 있어 대단히 큰 의미입니다.

물론 여러분은 평범하기도 하지만 한편으로 특별하기도 합니다. 여러분 같은 사람은 이 지구상에 둘도 없는 존재입니다. 그 누구도 여러분과 동일한 기억을 가지고 있지 않습니다. 지금 알려진 것은 여러분이 알 수 있는 것의 전부가 아닙니다. 여러분은 자신의 이야기를 스스로 쓰는 사람이고, 따라서 부귀영화가 없이 한 인간이 된다는 것이 무엇인지를 상상하고 경험할 자유가 있습니다. 타인을 지배하지 않는, 오만한 태도를 갖지 않는, 자신과 다른 모습을 한 인간을 두려워하지 않는, 어렸을 때 배운 증오를 유포시키고 재생산하지 않는 인간이 된다는 것은 어떤 기분일까요? 비록 여러분이 그 이야기를 완전하게 지배할 수는 없겠지만, 아마 그 어떤 저자도 그럴 것이겠지만요, 여러분은 그럼에도 이야기를 만들어낼 수 있습니다.

그 이야기에 등장하거나 이야기를 방해하는 인물들을 여러분이 완벽하게 알거나 성공적으로 조종할 수는 없을 것입니다. 하지만 여러분은 그들을 세밀하게 관찰하고 정의롭게 대함으로써 그들을 존중할 수 있습니다. 여러분이 정한 주제는 바뀔 수도 있고, 아니면 여러분을 피해 갈 수도 있습니다. 하지만 여러분 자신의 이야기란 여러분이 항상 어조를 일정하게 유지시킬 수 있는 것입니다. 그리고 여러분은 여러분 자신이 누구인지, 무엇을 말하고자 하는지를 드러낼 수 있는 언어를 창조할 수 있습니다. 그리고 저는 이야기꾼이고, 따라서 낙관론자이자 인간의 윤리성을 믿는 사람입니다. 그리고 인간 정신이 거짓을 혐오하고 진실을 추구한다는 것을, 아름다움의 사나움을 믿는 사람입니다. 그러니 이야기꾼으로서의 저의 관점에서 볼 때, 여러분의 삶은 이미 뛰어난 기교로 가득 차있고, 여러분이 작품으로 만들어주기를 기다리고 있습니다.

감사합니다.

제4부 인권 운동가

12. 달라이 라마 (Tenzin Gyatso, The 14th Dalai Lama, 1935. 7. 6 – 현재)

인류의 미래가 우리의 어깨 위에 있습니다.

달라이 라마는 1391년부터 전세된 티베트 불교 겔룩파(황모파)에 속하는 환생하는 라마(스승, 큰스님)이다. '달라이 라마'라는 칭호는 몽골의 알탄 칸이 3대 달라이 라마 소남 갸초에게 처음으로 사용하였고, 이후 그 법통을 잇는 모든 화신들에게 사용되고 있다. 몽골어 '다라이'는 '바다'를 뜻하며, 티베트어 '라마'는 산스크리트어의 '구루'에 해당하는 말로 '영적인 스승'이라는 뜻이다.

텐진 갸초는 현재 14대 달라이 라마로서 1935년 7월 6일 농부 집안에서 태어났다. 두 살에 달라이 라마의 현신으로 발견되어 '제춘 잠펠 가왕 놉상 예셰 텐진 갸초'라는 법명을 받고 1940년 14대 달라이 라마로 공식 취임했다. 현재 달라이 라마는 중국의 탄압을 피해 망명 중이다. 전세계를 돌아다니며, 불교의 가르침을 알리면서 또한 티베트의 독립을 지지해줄 것을 호소하고 있다. 중국 정부는 티베트 민족주의의 상징이자 그 자신이 민족주의자인 14대 달라이 라마에 대한 티베트인들의 존경행위를 박해하고 있다. 1959년 인도로 망명하여 티베트 망명정부를 세웠으며 1989년 노벨 평화상을 받았다.

이 연설은 1998년 미국 에머리 대학교(Emory University)에서 행한 졸업축사이다.

체 이스 총장님, 주지사님, 교수님들과 학생들, 귀빈 여러분. 오늘 이곳 졸업식에서 여러분에게 연설을 하게 된 것을 영광으로 생각합니다. 오늘은 색색의 만개한 초목들로 아름다운 이곳에서, 수년간의 고된 연구와 학습의 완성을 기념하기 위한 기쁜 행사가 펼쳐집니다.

아마도 학위를 받는 여러분 모두는 큰 흥분과 또한 큰 기대를 가지고 이 자리에 참석했을 것입니다. 그리고 태양조차도 오늘 행사에 참석해 자신의 아름다움과 광휘를 드러내려 노력하는 것 같습니다. 우선 저는 여러분 모두에게 축하드리고 싶습니다. 또한 교수님들과 강사들과 기타 성공적인 교육을 위해 헌신한 직원들께 저의 감사를 드리고 싶습니다. 물론 저에게 명예학위를 주신 것에도 개인적인 감사를 드립니다. 그러니 저 자신에게도 축하를 해야겠군요!

이제 저는 여러분에게 좋지 않은 영어실력으로 이야기를 하려고 합니다. 이 엄숙한 졸업식에 제 나쁜 영어실력은 어울리지 않을지도 모릅니다. 하지만 시간을 절약하고 또 여러분과 직접 대화하고자 용기를 내어 좋지 않은 실력이나마 영어로 이야기하겠습니다.

인간만의 고유한 특성 중 하나는 인간의 두뇌입니다. 우리에게는 생각하고 기억할 수 있는 능력이 있습니다. 우리는 매우 특별한 능력을 지닌 무언가를 가지고 있습니다.

그래서 교육은 중요합니다. 저는 교육은 도구와 같다고 생각합니다. 도구가 올바르게 쓰이는지, 건설적으로 쓰이는지, 아니면 다른 방식으로 쓰이는지 등은 사용하는 사람에게 달려있습니다. 우리에게 교육이 있는 반면에 훌륭한 사람도 있습니다. 훌륭한 사람이란 선한 마음과, 헌신하고자 하는 마음과, 책임감을 지닌 인물입니다. 교육과 동정심어린 따뜻한 마음, 이 둘을 결합한다면 여러분의 교육과 지식은 건설적인 것이 될 것입니다. 그리고 여러분은 자기 자신을 찾게 되고 행복한 사람이 될 것입니다.

만약 교육과 지식 이외에 다른 부분을 등한시한다면 여러분은 행복한 사람이 될 수 없고 정신적 불안과 좌절을 겪는 사람이 될 것입니다. 이러한 일은 언제나 계속될 것입니다. 그뿐만이 아니지만 만약 여러분이 이들을 결합한다면 여러분의 생애는 건설적이고 행복한 삶이 될 것입니다. 그리고 분명히 여러분은 사회와 인류의 개선에 큰 이익을 가져올 수 있습니다.

이것이 저의 기본적인 믿음입니다. 선한 마음, 따뜻한 마음, 동정심으로 가득한 마음, 이것들은 가르칠 수 있는 것입니다. 부디 이것들을 교육, 지식과 결합해 주시기 바랍니다.

그리고 여러분에게 말씀드리고 싶은 것이 또 있습니다. 여러분은 목표를 달성했고 이제 인생의 새로운 장을 시작하려고 합니다. 이제야 여러분은 현실에서의 삶을 시작하는 것입니다. 현실에서의 삶은 좀더 복잡합니다. 불행한 일이나 난관과 장애물, 곤란한 일들과 맞닥뜨리게 될 것입니다. 그러니 결단력과 낙관주의, 그리고 인내심을 갖추는 것이 중요합니다.

인내심이 부족하다면 매우 작은 장애물에도 용기를 잃을 수 있습니다. 티벳에는 "아홉 번 실패했더라도 이미 아홉 번이나 노력을 기울였다"라는 속담이 있습니다. 저는 이것이 중요하다고 생각합니다. 여러분의 두뇌를 이용해 상황을 분석하십시오. 무조건 돌진하지 말고 생각을 하십시오. 장애물에 대해 무엇을 해야 할지를 결정했다면, 여러분이 목표를 달성할 가능성이 생기게 되는 것입니다.

이제 우리는 곧 새로운 세기를 맞이하게 됩니다. 저는 인류가 지난 세기 동안 기술과 과학분야에서 매우 놀랍고 위대한 업적을 경험했다고 믿습니다. 그리고 그 와중에 다른 끔찍한 경험도 있었습니다. 지난 세기에 그 전 세기보다도 더 많은 수의 인류가 전쟁과 다른 여러 가지 형태의 폭력을 통해 죽음을 당했습니다. 그리고 환경파괴도 심각하다고 생각합니다. 하지만 이러한 경험을 통해서 인류는 더욱 성숙하게 되었습니다.

저는 평화와 비폭력, 인권에 대한 분명한 염려가 인류가 성숙했음을 드러내주는 지표 중의 하나라고 생각합니다. 이제 우리는 정치인들의 성명서에서조차 "동정"과 "화해"라는 말을 들을 수 있습니다. 평화가 대세가 되어가고 있습니다. 바로 이런 것들이 그 징조가 아닌가 합니다. 세계 곳곳에서 불행한 소식이 들려오지만 대체적으로 보아 저는 희망의 징조도 많다고 생각합니다. 하지만 어떠한 경우에도 인류의 미래는 우리 자신의 어깨에 걸려있습니다. 여러분은 더 나은 미래를 위해 충분한 준비를 마쳤습니다. 여러분은 제가 전지구적 책임감이라고 부르는 것을 갖출 필요가 있습니다.

저는 영성과 믿음, 신뢰의 기운도 또한 매우 중요하다고 생각합니다. 믿음을 갖느냐 갖지 않느냐는 개인에게 달려있습니다. 그것은 개인의 권리입니다. 그런데, 인류에게 있어 신뢰를 수반한 영성은 매우 유용합니다. 우리가 문제를 겪을 때, 여러 가지 종교적 전통이 우리의 정신적 평화를 지켜줍니다. 종교적 가치를 받아들이고 믿음을 가진 사람들은 자신이 믿는 바를 일상 속에서 실현해야 합니다. 그렇게 해야 교회에 몇 번 가는 것으로는 영향을 받을 수 없는 종교적 전통의 가치를 진정으로 느낄 수 있습니다. 종교를 받아들이고 진심으로 생활화하십시오.

마지막으로, 학위와 졸업장을 받는 학생 여러분에게 깊은 감사와 축하를 드립니다. 미국의 실제 학위수료식에서 학생들과 함께 명예학위를 받는 것은 처음인 것 같습니다. 그래서 오늘 특별히 더 기쁘군요. 물론 제가 즐거운 다른 이유는 여러분이 여러 해에 걸쳐 열심히 공부를 해야 했던 반면 저는 전혀 공부를 하지 않았기 때문이지요!

13. 아웅산 수지 (Aung San Suu Kyi, 1945. 6. 19 – 현재)

교육은 이해와 관용과 우정에 관한 것입니다.

미얀마(버마)의 민주화운동가. 미얀마의 독립운동 지도자인 아웅산의 딸로, 1962년 쿠데타로 권력을 장악한 독재자 네윈의 사회주의에 대항하면서 수년간 망명생활을 하다가 1988년 어머니 병간호를 위해 영국에서 귀국한 후 군사통치에 반대하는 집회에 참여하면서 민주화운동의 지도자로 부상했다.

수지여사가 주도한 민주화운동은 네윈 장군을 권좌에서 물러나도록 만들었으나 결국 군사정부에 의한 대량학살의 비극으로 끝났으며 수지여사는 1989년 가택연금에 처해졌다. 1990년 5월 미얀마의 군사정부는 서방의 압력에 의해 총선을 실시하였다. 총선 당시 수지여사는 피선거권을 박탈당한 상태였으나 여사의 인기에 힘입어 총선 결과는 수지여사가 이끄는 민주주의민족동맹(NLD)이 82%의 지지를 얻어 압승했다.

그러나 군사정부는 선거결과를 무효화하고 오히려 지도부 등 당원 수백 명이 투옥된 상태다. 1991년 민주화운동의 공적을 인정받아 노벨 평화상을 받았으며 2004년 4월엔 5.18 기념재단이 시상하는 '제5회 광주인권상 수상자'로 선정되었다.

이 연설은 1999년 6월 12일, 미국 펜실베니아 주 소재 버크넬 대학(Bucknell University) 졸업식에서 행해진 연설이다. 당시 아웅산 수지여사는 가택연금 중이었기 때문에 전 미얀마 대사였던 버튼 레빈이 대신 낭독했다.

버크넬 대학으로부터 공로상을 수상하고 졸업연설을 부탁 받게 된 것은 저에게 진정 큰 영광입니다. 대학의 졸업식이란 교수진과 학생들, 그리고 학생의 가족들이 모여 수년간의 중요한 학문적 훈련을 성공적으로 끝마친 것을 축하하는 자리입니다. 저는 교수진과 졸업생들에게 따뜻한 축하를 전하고 싶지만 아이러니를 느끼지 않을 수 없습니다.

저의 조국 미얀마에서는 대학학위가 대부분의 고등학생들에게는 얻을 수 없는 꿈과 같은 것이 되었습니다. 1988년에 일어난 자발적이고 전국적인 민주화운동은 군대에 의해 폭력적으로 진압되었고, 고등교육은 수시로 혼란 상태에 빠졌습니다. 1996년 후반에는 랭군 대학 학생들이 교육체계에 대한 자신들의 불만을 알리려는 데모를 일으켰습니다. 이에 대해서 군부는 대학들을 폐쇄시켰고, 현재 대학에 가기를 원하는 학생들과 그들의 부모들은 절망과 불안 속에서 대학이 다시 문을 열기를 기다리고 있습니다. 기득권층의 자식들은 학업을 위해 더 안정된 사회로 유학을 떠날 수 있지만, 미얀마에 있는 수많은 젊은 남녀들은 자신의 잘못이 없는데도 학업이 이상한, 그리고 아마도 영원할 것으로 보이는 중단 상태에 있습니다.

미얀마 대학 폐쇄는 인적자원과 자연자원이 풍부한 한 국가가, 정치적으로 억압되고 지적으로 불모화되며, 경제적으로 침체되고 사회적으로 불안해지게 되는 질병의 한 징후에 불과합니다. 이 질병의 근원은 자유와 진보에 대한 군부와 미얀마 국민들 사이의 큰 시각 차이에 있습니다.

1988년 미얀마 국민들이 민주주의를 요구했을 때, 그들은 30

138

년간에 걸친 미얀마사회주의계획당의 독재 통치에 대한 전면적인 거부를 표현했습니다. 그들은 민주적 전통에 따라 자신이 책임을 지는 정부를 통해 자신의 운명을 스스로 개척할 수 있는 권리를 요구 했습니다. 그들이 1990년 선거에서 민주민족동맹에 다수표를 던진 것은 그런 정부를 원했기 때문입니다. 군부는 선거 결과를 무시했고, 그뿐만 아니라 평화롭게 권력을 이양하겠다는 약속을 어기고 현재 9년간 집권을 하고 있으며, 생명과 자유, 안정과 젊은이들이 학업을 계속할 권리를 위해 노력하겠다던 약속을 무시했습니다.

미얀마의 젊은이들이 외국의 다른 젊은이들처럼 대학교육을 받을 수 있는 권리를 가져야 한다고 주장하는 것은 어려운 일입니다. UN 세계인권선언 26조는 다음과 같이 명시하고 있습니다. "모든 사람에게는 교육을 받을 권리가 있다." 그리고 이어지는 내용은 다음과 같습니다.

"교육은 인간성을 충분히 계발할 수 있고 인권과 근본적인 자유에 대한 존중을 강화하도록 이루어져야 한다. 교육은 국가간, 인종간, 종교간의 이해와 관용, 우정을 증진시켜야 하며 평화 유지를 위한 UN의 활동을 촉진시켜야 한다." 기본권과 자유가 억압받고 다른 의견을 낼 수 없으며, 외국인에 대한 혐오가 활발하게 생산되는 이러한 나라에서 세계인권선언에 의거한 교육이 어떻게 가능하겠습니까?

정부가 시민의 안녕과 발전에 책임을 지닌 국가에서는 방해받지 않는 교육체제에 대한 필요는 정치적 문제가 아닙니다. 교과과정, 학문적 수준, 운영과 자금조달이 논쟁과 토론에 개방되어야 하며, 그래야만 옳다고 할 수 있습니다. 하지만 젊은이가 부당하게 방해받지 않고 초등학교에서 대학학위를 받게 되기까지 자신의 길을 스스로 개척하는 것이 가능한 사회적, 정치적 틀을 유지하는 것이 너무나 기본적인 것으로 간주되어 사람들이 권리로서 요구할 필요조차 없어야 합니다. 저는 오늘 모인 여러분 모두가 아이들과 그 부모들이 단지 적합한 교육을 받고자 하는 것이 투쟁이 되어야 하는 저의 조국에 대한 각자의 생각을 밝혀주시기를 바랍니다. 저는 여러분이 중요한 시기에 지적능력의 계발이 중단된 우리 젊은이들의 어려움을 이해해주기를 바랍니다. 그들의 미래가 위기에 처해 있기에, 우리나라의 미래도 위기에 처해있습니다.

교육은 단순한 학문적 성취가 아닙니다. 세계인권선언에서 밝히고 있듯이, 교육은 세계평화에 가장 기본적인 요소라 할 수 있는 이해와 관용, 우정에 관한 것입니다. 우리가 사는 시대를, 동정과 인류에 대한 사랑과 같은 유행이 지난 관념들은 한쪽에 치워두고, 물질적 성공을 위한 생쥐들의 레이스에 모두가 동참하는 시대라고 표현하는 것이 유행입니다. 하지만 저는 기본적인 인간성을 구성하는 관념들이 우리들이 지닌 약점을 극복하는 힘을 지니고 있음을 입증하는 증거들을 계속해서 목격합니다.

140년간에 걸친 미얀마와 버크넬 대학의 오랜 협력은 우정과 학문에 대한 사랑과 같은 불변의 가치가 존재함을, 국내 정치와 국제관계의 변화에도 불구하고 미국의 한 대학과 동남아시아의 한 국가 사이에 한 세기가 넘는 관계를 유지하도록 하는 가치들이 존재함을 입증하는 증거입니다.

버크넬 대학은 우리나라와 그 국민, 역사, 문화, 정치와 현안 문제들에 대한 더 나은 이해를 증진시키려 노력함으로써, 미얀마에 대한 우정을 가능한 가장 바람직한 방식으로 보여주었습니다. 우리가 서로를 인정하고 돕는 것, 우리가 지리적·문화적 차이를 넘어 알찬 협력관계를 갖는 것은 오직 이해를 통해서만 가능합니다. 저는 언젠가 미얀마 국민들 또한 지구상의 다른 민족들 간의 상호 존중과 이해에 기여할 수 있는 기회를 얻을 것을 확신합니다. 한편으로, 저는 오늘 참석한 분들 중 미얀마인이 계시다면 세계를 향해 여러분이 미얀마를 관용과 연민, 정의에 대한 헌신에 기반을 둔, 자유와 학문이 번창하며, 평화롭고 진정으로 발전하는 사회로 만들기 위해 단결하여 노력하고 있음을 드러내주실 수 있기를 바랍니다.

버크넬 대학의 총장님과 교수진에게 이러한 큰 영광을 주신 점 감사드리며, 미얀마와 버크넬 대학 간의 오랜 협력관계는 시간이 지날수록 힘을 얻을 것이라는 저의 신념을 밝히면서 이만 마치고자 합니다.

14. 글로리아 스타이넘 (Gloria Steinem, 1934. 3. 25 – 현재)

무엇을 원하든지, 바로 지금 하십시오.

글로리아 스타이넘은 여성운동가, 언론인으로서, 미국 페미니즘운동을 대표하는 인물이다. 오하이오 주 톨레도에서 태어난 글로리아 스타이넘은 1956년 스미스 대학 정치학과를 졸업한 뒤 〈에스콰이어〉, 〈보그〉, 〈코스모폴리탄〉 등의 필자나 편집자로 일했고 방송작가, 모델로도 활약했다.

1960년대 흑인의 시민권 보장, 베트남전 반대 등 다양한 주장을 폈으나 1970년대 이후엔 여성문제에 집중했다. 1963년에 뉴욕의 플레이보이 클럽에 바니걸로 위장 취업해 착취와 매춘에 시달리던 바니걸의 실상을 기사화하여 명성을 날리게 되었다. 1972년 진보적 여성주의 잡지 〈미즈〉를 창간했으며 여성의 의회진출운동, 인종과 계층을 넘어선 여성연대운동 등을 펼쳤다. 창간호에서 자신의 임신중절 사실을 공개하면서 "출산의 자유"와 "선택의 자유"를 천명했다. 1974년에는 여성노조연합회를 공동 창설했으며, 1977년에는 텍사스 휴스턴에서 열린 전국여성회의에 참석했다. 1991년 〈미즈〉가 재창간 되었을 때 컨설팅 에디터로 일했으며 1993년에는 미국 여성 명예의 전당에 헌액되기도 했다.

이 연설은 1987년 5월 17일, 터프츠 대학교(Tufts University)에서 행한 졸업축사이다.

총장님, 마침내 제가 기쁘게 이렇게 말할 수 있게 되었군요. 대학의 행정 담당자분들과 그와 관련된 모든 이들, 가족, 친구, 배우자들.

교수님들, 명예교수님들.

졸업생 여러분의 부모님들과 가족들. 양부모님들과 입양가족들, 그리고 학비를 내는 데 도움을 주신 모든 분들.

졸업생들의 친구들과 연인들.

또한 언젠가 졸업할 학생들, 예전에 졸업하셨던 분들, 그리고 저처럼 졸업식을 좋아해서 구경하려고 들르신 여러분들.

이 행사를 준비하고 제가 앞서 언급한 모든 분들에게 장소와 먹을 것, 기타 여러 가지를 준비한 관계자 여러분.

그리고 무엇보다도, 온갖 음모와 반사회적인 생각으로 가득한 여러분 졸업생 여러분. 1965년 6월 1일 이전에 태어나신 여러분들, 그리고 그 이후에 태어나신 분들.

법과 정의가, 그리고 외교와 진실이 서로 어떤 관련을 가질지도 모른다는 혁명적인 사고방식을 갖고 계신 플래처 스쿨 졸업생 여러분. 우리가 지은 집보다 훨씬 오래갈 집을 지을 것이고, 우리가 가진 치아보다 훨씬 오래갈 치아를 만들, 인류 역사상 최초의 사건을 만들어낼 졸업생 여러분.

질병을 치료하고, 삶을 윤택하게 하며, 환경을 구하고, 지구라는 우주선 안의 다른 생명에게 도움의 손길을 내밀 여러분들.

짧게 말씀드리면, 오늘을 지금까지 해온 여행과 새로운 여행의 시작을 축하하는 날로 삼으려는 여러분에게, 저도 함께하게 해주셔서 감사하다는 말씀을 드립니다. 고백하건데 저는 정말 구제불능이라 할 정도로 졸업식을 생각할 때 감상적이 되곤 합니다. 졸업식은 결혼식보다도 더 개인적인 행사입니다. 기독교 세례식이나 유대교 성년식보다 더 조심스러운 것입니다. 졸업식은 마치 장례식처럼 미지의 세계로 한 걸음 더 나아가는 것입니다. 물론 졸업식이 끝나도 계속 살아있기는 하지만요.

정말로, 이런 행사는 저에게 언제나 큰 영향을 줍니다.

그리고 오늘은 뛰어난 분들과 함께 명예학위를 받게 되어 매우 의미 있는 날입니다. 부디 그들의 연구 결과와 삶을 살펴보시고 저처럼 무언가를 배우시기를 바랍니다.

오하이오 톨레도를 벗어나 미국인들의 마음 속으로 들어가려 했던 어떤 사람처럼, 저는 늘 캐서린 던햄을 만나고 싶었습니다. 그녀는 무용을 예술이라는 고립된 틀에서 벗어나게 했습니다. 마치 나탈리 데이비스가 보통 사람들도 역사의 한 부분이어야 한다는, 그리고 그 반대도 성립되어야 한다는 혁명적인 생각을 가졌던 것처럼 말이지요.

저는 데이비드 멕코드가 아이들과 시를 동시에 사랑하는 매우 희귀한 남자임을 고맙게 생각합니다. 그리고 저는 고 데니 케이의 정신, 누군가를 놀림감으로 삼아 웃는 것이 아닌, 모두 함께 웃을 수 있도록 한 그 정신에 감사드립니다.

캘로 박사는 그의 기술로 우리의 몸을, 그리고 이 대학에 대한 그의 도움으로 우리의 마음을 도와주셨습니다.

145

클로드 섀넌은 저에게 있어 이마에서 완벽하고 의사소통을 지향하며 사용하기 쉬운 기술들이 튀어나오는 일종의 제우스 같은 존재처럼 보입니다.

윈스턴 로드는 외교를 통해 세계 곳곳을 연결합니다. 마치 C. S. 이오가 예술과 상업, 사업과 양심을 결합시키는 것처럼요.

암에 걸린 인간과 고통을 겪는 동물들 모두를 구하고자 하는 에이미스 박사에게도 감사드립니다.

정말 뛰어난 분들입니다.

하지만 저는 특히 연방대법원의 블랙먼 대법관에게 감사드리고 싶습니다. 그는 백인 남성에 의해 백인 남성 중심으로 만들어진 미 헌법을, 인종을 불문한 여성들의 출산의 자유를 지키는 방향으로 확장시켰습니다. 몇몇 소수의 열렬한 미국인들은 아직도 여성들의 낙태에 대해 양심적인 선택을 내릴 권리와 능력을 인정하지 않고 있기 때문에, 블랙먼 대법관은 계속해서 고통스러운 공격을 받으며 생활하고 있습니다.

그래서 저는 그가 내린 결정에 지지하는 미국 국민 70%를 대표해 공개적으로 그에게 감사의 말을 전합니다. 당신은 여성도 또한 인간임을 믿었으며, 당신이 작성한 그 과반수 판결은 역사상 그 어떤 사건보다도 더 많은 이 나라 여성의 생명과 건강을 지켰습니다.

언젠가 출산의 자유, 즉 정부의 간섭을 받지 않고 아이를 가질지 안 가질지를 선택할 수 있는 자유는 언론의 자유나 집회의 자유와 같이 취급될 것입니다. 그러면 역사도 블랙먼 대법관에

146

게 감사할 것입니다.

하지만 제가 말씀드린 분들과 사건에 경의를 표하는 것이 행여 저를 겸손하지 않게 한다면 이 사실을 알려드리겠습니다. 저는 제가 졸업식에서 들은 연설의 내용을 단 하나도 기억하지 않습니다. 저는 친구들과 가족들이 서로 잘 어울리는지에 온통 정신이 팔렸습니다. 4년간 지내면서 가지고 있던 것들을 어떻게 차 안에 집어넣을지를, 그리고 어떻게 해야 당시 약혼을 했던, 매력적인 남자와 결혼을 하지 않을 것인가를 생각하고 있었습니다. 50년대에는 누구나 졸업식을 전후해서 결혼을 하거나 약혼을 했죠. 하지만 저는 대신에 인도로 떠나기를 원했습니다. 게다가, 저는 오늘을 위해 작은 설문조사를 실시했습니다. 설문 대상자의 절반이 자기 졸업식 때 누가 연설을 했는지 기억을 못했습니다.

그러니 많은 사람들을 배제하는 한 가지 주제 대신에, 저는 다른 이들에게도 도움이 되리라 생각되는 문장 하나 내지 두 개라도 남길 수 있을까 싶어 주제를 다양화하고 싶습니다. 이 모든 생각들은 다음과 같은 주제로 요약할 수 있습니다. "내가 예전에 알고 싶어 했던 것 중 지금 내가 알고 있는 것은 무엇인가?" 마지막 부분에 제가 남기고 싶은 또 하나의 주제는, 한 번 맞춰보시기 바랍니다. 저는 또 그것들을 간결하게 함으로써 헤니 영맨의 지혜를 따르기로 했는데요, 그는 언제나 짧은 농담만 했는데 왜냐하면 긴 농담은 그의 말에 의하면 "경험해볼 만하지" 않기 때문이지요.

예를 들어보겠습니다.

147

첫 번째 생각: 무언가를 경험해본 사람은 언제나 그 일의 전문가들보다도 훨씬 더 전문가라고 할 수 있습니다. 전문가만이 참여할 수 있고 개인적 경험을 가진 이들이 기여할 수 없는 모든 과정은 분명히 잘못될 것이라는 것은 당연합니다. 이 논의를 확대해보면, 우리의 교육체계는 책을 중심으로 한 것이고 실제 수련과정은 부족합니다. 논의를 좀더 확대해보면, 우리의 사회 정책은 이론가를 중심으로 한 것이고 실행 주체가 되는 이들은 배제됩니다.

국가적 사례: 존슨 행정부의 빈곤퇴치 프로그램은 루즈벨트 행정부의 경제공황 극복 프로그램보다 어느 정도는 덜 성공적이었습니다. 그 이유는 전자가 주로 빈곤퇴치 계획 수립을 통해 이득을 보는 워싱턴의 공무원들에 의해 주로 계획되었기 때문입니다. 반면 후자는 주로 정부의 지원을 받은 지방에 의해 주도되었죠.

개인적인 사례: 저는 책을 중심으로 한 교육이 비록 나름대로 가치 있고 다른 것으로 대치하기 힘들다는 측면이 있기는 하지만, 여러분을 자기비판적이고 경건하지만 다른 점에서는 행동을 두려워하게 만든다는 사실을 누군가가 경고했었으면 하고 생각합니다. 물론 만약 여러분이 여성이거나 다른 인종이고, 책 속의 인물들이 전혀 당신과 같지 않은 사람들이라면 특히 이 말은 진실입니다. 하지만 저는 여러분이 제가 그랬던 것보다는 훨씬 포괄하는 것이 많은 교과서로 공부했기를 바랍니다.

그러니 여러분이 무엇을 하길 원하더라도, 그것을 반드시 하십시오. 정말 바보처럼 보일 거라는 생각은 하지 마십시오. 정말 바보처럼 보이는 것이야말로 진정으로 필수적인 일입니다. 그러면 여러분은 굉장한 시간을 경험하게 될 것입니다.

두 번째 생각: 학생이었을 때, 우리는 둘러앉아서 특정한 목적이 특정한 수단을 정당화하는가에 대해서 토론했습니다. 마르크스에서 마키아벨리까지 여러 사람들을 가정해보면서요. 저는 그것이 정말 중요한 질문이라고 생각했습니다.

수단이 목적이고 목적이 수단이라는 것을 깨닫게 되기까지는 20년이 걸렸습니다. 여러분이 사용하는 수단은 여러분이 달성하는 목적과 떼어낼 수 없는 유기적 부분이 됩니다.

사례: 어떤 이들도 자신들이 어떤 혁명에서 유기적인 부분으로 참가하지 않으면 그 혁명으로부터 이득을 얻지 못합니다. 혁명의 결과로 문서로 기록된 권리를 얻었다 해도, 그들은 그 권리를 사용하기에는 너무 힘이 없을 것입니다. 힘은 과정에서 나옵니다. 과정이 중요한 것입니다.

세 번째 생각: 친구나 대통령 후보 등을 선택함에 있어 인격과 지성 둘 중 하나를 선택해야 한다면 인격을 고르십시오. 인격이 없는 지성은 위험합니다. 하지만 지성이 없는 인격은 좋은 결과를 얻는 게 좀 늦어질 뿐입니다.

네 번째 생각: 정치는 선거체계나 워싱턴에서 일어나는 일들과 관련된 것만은 아닙니다. 우리 일상에서 일어나는 권력과 관련된 어떠한 일도 정치라고 할 수 있습니다. 어떤 인간이나 집단이 자신이 지닌 재능이나 경험 때문이 아니라 인종, 성별, 계급 때문에 다른 인간이나 집단에 대해 항상 지배력을 갖게 된다

면, 그것은 정치입니다. 어떤 호화로운 논밭이 있다고 할 때, 어느 피부색을 가진 사람들은 그것을 소유하고 있고, 다른 피부색을 가진 사람은 그곳에 이주해와 노동을 한다면, 그것은 정치입니다. 한 종류의 인간 수백 명이 타이핑을 하고 있는 반면 소수의 다른 인간들은 중역회의실에 있다면, 그것은 정치입니다. 아이들이 오직 아버지의 이름만을 물려받을 수 있다면, 그것은 정치입니다. 대부분의 남성들이 한 가지 일을 하는 반면 대부분의 여성들이 집안과 집 바깥에서 두 가지 일을 해야 한다면, 그것은 정치입니다. 유색인종 학생이 유색인종이 전체 인구에서 차지하는 비중보다 적다면, 여성이 치과의사나 엔지니어인 경우가 적다면, 남성이 물리치료사나 영양학자인 경우가 적다면, 그것은 정치입니다.

옛 생각은 잊으십시오. 그것은 남성이 하는 일은 정치, 여성이 하는 일은 문화라는 식의 생각에 기반을 둔 것입니다. 이러한 구분은 삶의 어떤 부분에 변화를 주지 않으려는 방법이었을 뿐입니다. 사실, 개인은 거의 대부분 정치적입니다. 그리고 혁명은 마치 건물처럼 아래에서부터 지어 올라가는 것이지 위에서부터 지을 수 없는 것입니다.

다섯 번째 생각: 마가렛 미드는 다음과 같이 말했습니다. "결혼은 19세기에는 효용이 있었는데, 그때는 사람들이 50세까지밖에는 살지 못했기 때문이다."

1900년 이후 평균 수명은 약 30년 정도 증가했기 때문에 생활방식은 달라질 수밖에 없습니다. 어떤 사람들은 젊었을 때 결혼해서 아이를 양육합니다. 그리고 나서는 삶에 있어 또다른 성취를 이루기 위한 길을 떠나죠. 어떤 사람들은 일에서 성공한 후 늦게 결혼합니다. 그리고 아이를 늦게 가지거나 아예 갖지 않죠. 어떤 사람들은 결혼을 안 하거나 동성과 사랑하거나 같이 살 것입니다. 또 다른 사람들은 친구들 중 어떤 가정을 선택해서 자기 아이를 키우도록 하거나 직장동료 중 가치를 공유할 수 있는 정신적 가정이 있는지를 찾을 것입니다.

형식이라는 감옥이 사라지면서, 우리는 내용에 좀더 많은 주의를 기울일 수 있습니다. 이것은 파트너 간의 동등한 권력과 그로 인한 자유로운 선택의 가능성을 의미합니다. 이는 절망과 압력이 아닌 선택으로부터 기인한 헌신을 의미합니다. 이는 친절과 공감, 양육을 의미하는데, 왜냐하면 부모나 아닌 사람들도 부모인 사람들을 도울 수 있기 때문입니다. 우리는 아이들을 친구로서 맞이할 수 있습니다.

제 말이 지나치게 낙천적으로 들린다면, 이러한 변화의 징조가 지금 우리 곁에 있음을 상기하십시오. 유급노동에 종사하는 여성들, 그리고 역시 진짜 부모인 남성들도 아이들이라는 현실을 공적 영역으로 드러내놓기 시작했습니다. 이것은 사실 오래전에 이루어졌어야 하는 일입니다. 미국은 마치 6살 이전의 아이들은 존재하지 않는 듯이 여기는 세계에서 유일한 산업화된 민주주의 국가입니다.

또한 이혼율도 감소하기 시작했는데 이는 페미니스트들이 예전부터 항상 예측해왔던 것입니다. 사람들이 저에게 "페미니즘이 이혼의 원인입니다"라고 이야기 할 때, 저는 언제나 이렇게 대답했습니다. "아니오, 결혼이 이혼의 원인이지요." 모든 사람

151

들에게 오직 한 가지 방식으로만 살아야 한다고 믿도록 강요한 것이 수많은 성공적이지 못한 결혼의 원인이 되었고, 모든 사람들에게 부모가 되어야 한다고 믿도록 강요한 것이 수많은 나쁜 부모와 불행한 어린이들의 원인이 되었습니다. 모든 사람에게 옳은 살아가는 방법이란 존재하지 않습니다.

제가 말하고자 하는 바는 다음과 같습니다. 당신의 삶이 교과서 속의 모범적인 인물들과 같지 않다고 해서 염려하지 마십시오. 당신의 삶이 교과서 속 모범적인 인물들과 반대인 여피들과 같지 않다고 해서 염려하지 마십시오. 중요한 것은 우리가 무엇을 선택하느냐가 아니라, 우리에게는 선택을 할 수 있는 힘이 있다는 것입니다.

여섯 번째 생각: 50년대와 60년대를 기억하십니까? 그때 여성들은 자신이 되고자 하던 직업을 가진 남성과 결혼을 하도록 되었었죠. "의사와 결혼을 해라, 의사가 되지는 말고" 같은 말처럼 말입니다. 70년대와 80년대에는 몇몇 여성들이 다음과 같이 말하기 시작했습니다. "우리는 우리가 결혼하고 싶어했던 남성처럼 되고자 한다." 하지만 90년대에는 더 많은 남성들이 자신이 결혼하고 싶어했던 여성처럼 되어야 합니다.

많은 젊은 남성들과 여성들이 다음과 같이 물을 때 우리는 성공하고 있다고 생각할 것입니다. "어떻게 하면 일과 가정을 결합할 수 있을까요?"

그리고 남성들도 또한 성공할 것입니다. 남성들은 자기 자식들에게 결코 더 이상 낯선 존재가 되지 않을 것입니다. 그들은 더 이상 자신이 반드시 남자다워야 할 필요는 없는 인간일 뿐이라는 생각을 마음 속에 억누를 필요가 없을 것입니다. 그들은 반드시 이겨야 하고, 공격적이고 폭력적이어야 한다는 압박에서 벗어나기 때문에 더 오래 살 수 있을 것입니다. 이러한 이른바 남성다워야 한다는 이름의 감옥은 여러 남성들을 죽이고 있음이 분명히 드러날 것입니다.

이것은 역할을 바꾸는 것이 아닙니다. 두 역할을 인간답게 하는 것이라고 해야 할 것입니다. 여성과 남성에게 있어 진보는 아마도 우리가 가지 않았던 방향에 있을 것이기 때문입니다. 여성에게 있어 진보는 공적인 삶에서 좀더 적극적이 되는 데에 있을 것입니다. 남성에게 있어 진보는 사적인 삶의 한 부분을 진정으로 떠안고 수행하는 데에 있을 것입니다. 하지만 둘 모두에게 있어, 완전한 한 인간이 되는 것이 기쁨과 보상이 될 것입니다.

제가 더 일찍 깨달았으면 좋았을 것이 있습니다. 즉 진보란 반드시 누군가를 앞서거나 패배시키고 한쪽이 승자가 되는 일직선이 아니라는 것입니다. 진보는 그 안에서 우리가 가진 모든 재능을 이용해 모두가 완전하게 되는 원입니다. 잠재적으로 우리 모두가 승자인 것입니다.

일곱 번째 생각: 사회적 변화로 얻는 것의 어떤 것이든 그 10%를 남에게 주는 것을 잊지 마십시오. 그것은 여러분이 할 수 있는 최고의 투자입니다. 소유한 것은 잃거나 부서지거나, 아니면 그것이 당신을 소유할 수 있습니다. 사실, 만약 당신의 삶과 일이 진정으로 여러분을 행복하게 한다면, 여러분은 물건을 수도 없이 사고 또 고치는 데에 소모할 시간이 그렇게 많지 않을

153

것입니다. 여러분이 절약한 돈이 내일은 그렇게 가치 있는 게 아닐지도 모릅니다. 보험 회사들은 당신의 보험증권을 취소할 지도 모릅니다. 십일조는 개척시대의 사례이자 종교적인 사례 입니다. 타인을 돕는 것은 나를 돕는 누군가가 있다는 것을 보증해주는 유일한 방법입니다.

마지막으로, 마지막 생각이자 내가 예전에 알았으면 좋았을 것들을 지배하는 법칙은 다음과 같습니다. 지금까지의 생각들을 바탕으로 행동하는 것은 바로 지금이 시기적절하고 중요하다는 것.

경제학자들은 경고하고 정치가들은 두려워합니다. 바로 우리 나라가 경제적 확장기의 마지막에 와있다는 사실을 말입니다. 이제는 생산성에서 우리와 경쟁할 수 있거나 심지어는 능가하는 나라들이 있습니다. 처음으로 미국인의 80%가 지난 10년간 실질구매력이 증가하지 않았습니다. 그리고 많은 젊은이들은 전통적인 경제적 관점에서 그들의 부모세대처럼 풍요롭지 못할 것입니다.

많은 전문가들은 위험한 시기라고 말합니다. 그리고 이것은 사실입니다. 더 많이 벌고 더 많이 구매하는 것으로 인해 방해 받은 에너지는 우리를 정치적으로 뿔뿔이 흩어지도록 할 수 있 습니다.

하지만 이는 우리의 삶과 우리나라에 진정한 변화를 가져올 수 있는 기회이기도 합니다.

지금은 미국이 재화의 풍부함과 더불어 삶의 질로서도 유명한 나라가 될 수 있는 기회입니다.

우리의 문화에 있어 위대한 임무와 유산을 실행할 수 있는 기회입니다. 우리나라는 세계에서 가장 큰 다문화와 다인종적 생활의 실험장입니다. 우리가 사는 상처 입기 쉬운 행성에서는 타인의 다른 점을 포용하는 이 가르침을 배울 필요가 있습니다. 이 학교는 불완전합니다. 하지만 바깥 세계보다는 훨씬 낫습니다. 그리고 세계는 이곳과 훨씬 유사하게 될 수 있습니다. 이곳 총장처럼 정치인들이 기꺼이 방문자들을 만나고, 이곳에서처럼 여성의 이름이 신문 1면이나 정부 요직에 오르내리고, 서로에 대한 지지와 비폭력에 대한 헌신이 보이는 곳으로 말입니다.

큰 것이 좋은 것은 아닙니다. 미국의 군대가 우리가 가진 가장 좋은 유산은 아닐지도 모릅니다.

평등은 정부가 두려워하는 정치적 격변에 대한 최고의 보험입니다. 미국인의 70% 이상이 전통적인 경제적 관점에서 자신들의 생활수준을 바꿀 용의가 있다고 말합니다. 이른바 "희생"이 평등하게 이루어진다는 전제 하에서요.

이는 역사의 전환점이자 우리가 맞닥뜨린 도전입니다. 우리의 마음은 여러분과 함께할 것입니다. 우리의 머리와 손은 여러분을 도울 것입니다. 남성들의 형제애와 여성들의 자매애, 즉 인류애는 "그것을 방해함으로써 이득을 얻는 자들이 믿는 것보다는 훨씬 실현하기 수월한 꿈"입니다.

한 가지만 더. 지금은 여러분에게 있어 겨우 3년이나 4년 정도의 시간이 매우 길게 느껴지는 마지막 시기일 것입니다. 지금부터, 시간은 인위적인 학교 스케줄에 맞추어 흘러가지 않습니다. 이제 시간은 바람처럼 흘러갈 것입니다.

여러분이 무엇을 원하든지, 바로 지금 하십시오. 인생은 시간이고, 시간은 모든 것입니다.

15. 코피 아난 (Kofi Atta Annan, 1938. 4. 8 - 현재)

당신 안에 있는 나침반을 따르세요.

가나의 외교관으로서 1997년 1월에서 2007년 1월까지 두 차례의 5년 임기를 통해 제7대 유엔 사무총장으로 활동했다. 2001년에는 노벨 평화상을 수상했다.

1938년 아프리카 가나의 쿠마시(Kumasi)에서 태어난 코피 아난은 1961년 미 미네소타 주 세인트 폴 소재 매컬레스터 대학(Macalester College)에서 경제학을 전공한 후 스위스 제네바 국제관계대학원을 수료하였고, 미 매사추세츠 공대(MIT) 경영학 석사 과정을 마쳤다.

1962년 세계보건기구(WHO)의 행정 및 예산담당 직원으로 유엔과 첫 인연을 맺은 뒤 유엔난민고등판무관실(UNHCR) 행정부국장, 유엔 예산국장, 인사관리담당 사무총장보, 계획·예산 및 재무담당 사무총장보 등 요직을 두루 거쳤다. 1996년 10월 17일 유엔 사무총장이 되었다. 취임 후 '개혁총장'이라는 별명을 들으며 국제연합 사무국 내의 1,000여 개 직책을 폐지하고 대폭적인 기구의 통폐합을 내용으로 하는 제1차 유엔개혁안을 내놓았다. 2001년 6월에는 안보리가 코피 아난의 유엔 사무총장 연임을 승인하였다. 2001년 UN과 공동으로 세계평화에 기여한 공로가 인정되어 현역 국제연합 사무총장으로는 처음으로 노벨 평화상을 수상했다.

이 연설은 그가 유엔 사무총장이 된 해인 1997년 6월 6일, 미 매사추세츠 공과대학교(Massachusetts Institute of Technology, MIT)에서 행한 졸업축사이다.

그레이 박사님, 정중한 환영에 감사드립니다. 이렇게 친숙한 환경에서 벌어진 큰 행사에서 연설을 부탁받은 것이 영광스럽기도 하고 기쁘기도 합니다. 보스턴은 여러 훌륭한 고등교육 기관으로 유명합니다. 하지만 MIT는 단 하나뿐이지요.

총장님, 평의원들, 신사숙녀 여러분. 최고이자 가장 총명하며, 가장 헌신적이고 가장 사려 깊은, 그리고 지금까지의 MIT 졸업생들 중 가장 성공하리라 믿는 1997년 졸업생 여러분!

하지만 졸업생 여러분, 여러분은 그 누구보다도 여러분이 혼자서는 해낼 수 없었다는 것을 압니다. 그러니, 그동안 여러분 옆에 서있었으며 오늘 여러분과 함께하고 있는, 사랑하는 가족과 친구들에게, 저와 함께 큰 박수갈채를 보내주십시오. 그들에게 박수를 보냅시다.

이제 여러분은 자유입니다. 시험의 압박으로부터 자유롭고 여러분 인생의 다음 장을 시작할 자유가 있습니다. 그리고 여러분은 학자금 대출을 갚아나갈 자유가 있지요. 잘 해나가시기 바랍니다.

저도 한때 오늘 여러분이 있는 자리에 앉았습니다. 여러분과 오늘 이 기쁜 순간을 킬리안 코트(Killian Court)에서 함께하니 제가 MIT에서 약 25년 전에 공부하던 시절로 돌아가는 것 같군요. 슬론 펠로우(Sloan Fellow)로서 저는 경영기법을 배웠고, 우리 앞에 놓인 새로운 세기를 위해 국제연합을 개혁하는 일을 함에 있어 아직도 저는 그 지식에 의존하고 있습니다. 하지만 전 그보다도 훨씬 더 중요한 것을 배웠습니다.

처음에 제 친구들 사이에서는 꽤 강도 높은 경쟁이 벌어졌습니다. 모두들 남들보다 뛰어나게 보이고 그들의 리더십을 보이고 싶어했죠. 저는 '그들' 이라고 했습니다. 왜냐하면 여자가 없었거든요. 그 부분이 변해서 정말 기쁩니다.

첫 시험기간 중인 어느 날엔가 찰스 강을 따라 걷고 있는데, 마침 저는 저의 어려운 상황을 생각했습니다. 이렇게 뛰어난 녀석들 사이에서 성공하는 건 둘째 치고 어떻게 해야 살아남을 수 있을까? 그리고 그에 대한 대답은 매우 단호하게 저에게 돌아왔습니다. 그들의 규칙에 따라 행동하지 마라. '너 안에 있는 나침반을 따라가라.' 저는 자신에게 말했습니다. '마음 속의 북소리에 귀를 기울여라.' 산다는 것은 선택하는 것입니다. 하지만 잘 선택하기 위해서 여러분은 자신이 누구인지, 무엇을 위해 살며 어디로 가고 싶어 하는지를, 그리고 왜 자신이 그곳에 가고 싶어하는지를 알아야 합니다. 저의 불안한 마음은 천천히 사라졌습니다.

그 결과 저는 MIT에서 분석적 도구만이 아니라 지적인 확신도 얻었는데, 이 확신은 새로운 환경에서 자신의 태도를 유지할 수 있게 하고, 어떤 어려움도 발전을 위한 잠재적인 기회로 보도록 하며, 동료들의 도움을 얻는 데 두려워하지 않고 편안함을 느끼게 하여, 결론적으로 모든 일을 저의 방식으로 하도록 하였습니다.

세계인들이 MIT 동문들에 대해 생각할 때 물리학이나 화학, 경제학 분야의 노벨상 수상자나 기업계의 거물을 상상할 것입니다. 아니면 우리 삶의 여러 부분을 향상시키는 기술자를 상상

159

하겠지요. 그런데 유엔의 사무총장이라니? TV 퀴즈 프로그램이었다면 쉽게 대답하기 힘든 문제가 되었을 것입니다.

하지만 이것은 보이는 것처럼 그렇게 이상한 것이 아닙니다. 과학과 기술의 정신은 20세기의 국제기구 계획과 깊고 심오한 유사성을 공유하고 있기 때문입니다. 과학과 국제기구 양자는 모두 이성적인 구조물이며, 비합리성의 힘과 끝없는 투쟁을 벌인다는 점에서 동일합니다. 과학과 국제기구 모두 실험적인 성격을 지니고 있습니다. 둘 다 시행착오와 자기 교정을 통해 배웁니다. 마지막으로 과학과 국제기구는 보편적인 진리를 추구하며 보편적인 언어로 이야기합니다. 국제기구 계획의 이러한 특성들에 대해 약간 언급을 더 하겠습니다.

이성과 불합리 사이의 투쟁에 대해서 먼저 말하겠습니다. 20세기의 역사가 기록될 때 이 투쟁이야말로 매우 두드러지게 나타날 것입니다. 국제 정세의 측면에서 볼 때, 이번 세기의 비합리성의 분출은 공포와 인간적 비극이라는 면에서 현대의 모든 시대를 능가합니다. 1차 세계대전이 벌어진 플랑드르 벌판, 홀로코스트, 2차 세계대전을 가져온 침략행위들, 캄보디아와 르완다의 킬링필드와 보스니아에서 벌어진 인종청소, 지금도 세계 도처를 떠도는 2,500만의 난민들, 기아로 천천히 죽음을 맞이하고 지뢰로 인해 평생을 불구로 살아가는 수백만의 어린이들. 우리가 사는 이 세기, 우리 세대는 책임을 져야 할 많은 문제를 안고 있습니다.

하지만 우리는 또 한편으로 이성의 국제적 체제를 건설했습니다. 계획적인 제도적 조치를 통해 우리는 인류가 심각한 국제적 문제들에 대처하도록 하였습니다.

이러한 성과에 대해 평화와 안전의 수준을 향상시키기 위한 조치들이 있습니다. 20세기의 끝이 다가오는 이때, 예를 들자면 우리는 군비규제와 군비축소의 영역에서 많은 진전이 있었음에 자부심을 가질 수 있습니다. 아마도 그 근저에는 거의 30년 전부터 효력을 발휘하고 있는 핵확산금지조약(NPT)이 있을 것입니다. 유엔에 의해 교섭되고 유엔 산하 기구가 감시 임무를 맡는 NPT는 역사상의 그 어떤 군비통제조약보다도 많은 지지자를 보유하고 있습니다.

1996년 9월, 유엔총회는 포괄적 핵실험금지조약을 승인했습니다. 이 조약은 핵무기를 가장 많이 보유한 5개국을 포함한 140개국이 참가했습니다.

올해 4월, 우리는 화학무기금지조약이 발효된 것을 목격했습니다. 이 조약은 그러한 비열한 무기들이 다시는 전장에서 사용되지 않고, 어떤 문명에도 조용하지만 확실한 파멸을 가져오지 못하게 할 것을 보증하고 있습니다.

마지막으로, 생물무기금지협약에 가입한 나라들은 검증 절차를 통해 협약의 권위를 강화하는 방법을 고민하고 있습니다.

해야 할 일이 아직 많이 남아있습니다. 특히 광범위하고 빠르게 증가하는 재래식무기의 유통을 줄여야 합니다. 주로 무고한 시민들이 대상이 되는 지뢰를 제거해야 합니다. 예방적 외교책을 강화해야 합니다. 그리고 차세대 평화유지활동 계획을 세워야 합니다. 하지만 10년 전만 해도 제가 열거한 것들은 상상조

161

차 할 수 없었습니다. 이제 그것들은 현실입니다.

비슷한 성과가 국제적 삶의 다른 측면을 변화시키고 있습니다. 인권을 수호하고 향상하는 것보다 더 고귀한 것은 없습니다. 국제 경제관계의 상호 규칙을 심화하고 확장하는 것보다 더 실질적 효용을 가져오는 것은 없습니다. 세계의 어린이들이 건강하고 생산적인 삶을 살도록 돕는 것보다 더 보람 있는 일은 없습니다. 모든 이에게 더 큰 경제적 기회를 주는 것과 더불어 인간의 환경을 보존하는 것보다 더 시급한 일은 없습니다.

그리고 20세기의 끝이 다가오는 이때, 우리는 이성의 힘이 지배하는 영역을 향해 균형을 맞추는 데 국제기구가 도움이 되었다는 결론을 자연스럽게 얻게 됩니다.

국제기구 계획이 과학과 공유하는 두 번째 특성은 실험적 방법이라는 것입니다. 사실, 기구는 일종의 실험입니다. 전지구적 수준에서의 인간의 협력을 실험하는 것이지요. 국제기구에서 활동하는 사람들은 국제기구 자체가 목적이 아니라는 사실을 잊지 말아야 합니다. 국제기구는 정부와 시민들이 협력을 통하지 않으면 목표를 이룰 수 없다는 사실을 상기시켜주는 수단입니다. 따라서 국제기구는 환경과 긴밀하게 조율되어야 하며, 실수를 빠르게 고치고, 성과를 점차 누적시켜서, 이전과는 다른 새로운 모범을 계속 만들어내야 합니다.

그래서 저는 유엔이 이전에 경험해보지 못했던 가장 강도 높은 체제 개혁의 와중에 있다는 사실을 오늘 여러분에게 알리는 것이 매우 기쁩니다. 저는 한걸음 더 나아가 우리의 개혁 계획이 다음달 발표되면 어떤 공공영역에서 이루어진 개혁에 대해서도 호의적으로 비교될 것이라는 저의 믿음을 알리고 싶습니다.

우리는 유엔이 변화를 친구로서 여기며, 변화를 위한 변화가 아니라 성공적인 변화를 통해 더욱 좋은 결과를 가져올 수 있는 것으로 여기기를 바랍니다. 우리는 유엔이 좀더 간소한 형태로 더욱 집중적이고 더욱 유연한, 변화하는 지구촌의 요구에 더 신속히 대응하기를 바랍니다. 우리는 유엔이 핵심 능력을 다른 국제기구들과 그 어느 때보다 왕성한 세계 시민사회를 아우를 수 있기를 바랍니다. 회원국들 또한 그 꿈을 우리가 실현해야 하는 세계의 시민들입니다.

요약하자면 유엔에서 일하는 우리는 국제기구 계획이 기반하고 있는 토대를 좀더 튼튼히 하기 위해 노력한다는 것입니다. 그리고 우리는 국제기구의 실험적 성격을 자각하고, 국제기구가 필요로 하는 독창성의 필요를 떠안음으로써 그 노력을 실천하고 있습니다.

과학과 국제기구 계획의 정신 사이의 세 번째 유사성은 다음과 같습니다. 우리는 우리의 방식으로 보편적 진실을 드러내고자 국제기구의 영역에서 활동합니다. 국제정세라는 이 복잡한 경기장 안에서 이것은 무엇을 의미할까요? 저는 그것이 인간의 존엄성과 타고난 평등성이라는 진실이며, 그래서 가장 가난한 나라의 가장 작은 마을에서 태어난 아이와 보스턴의 부촌인 비콘 힐에서 태어난 아이가 동등한 가치를 가지고 있다는 것을 믿습니다. 저는 그것이 평화에 대한 갈망과, 우리는 이 하나뿐인 지구의 관리인에 불과하다는 자각, 그리고 비록 세계가 여러 모습으로 분리되어 있지만 우리는 하나의 인류 공동체로서 묶여 있다는 사실의 이해라고 생각합니다.

이 고상한 대의는 여러분의 도움을 필요로 합니다. 1997년도 졸업생 여러분, 여러분이 미래에 어디로 가서 무엇을 하든지 간에, 갈수록 세계화가 가속되는 세계에서 생활하게 될 것입니다. 여러분은 세계 곳곳을 누비는 것처럼 직접적 또는 간접적으로 여러 사람들과 접촉하게 됩니다. 그들은 동료, 경쟁자, 고객들일 것입니다. 이 새로운 세상에 뛰어드는 여러분에게 저는 이점을 기억할 것을 요청합니다. 시장의 합리성이 형성하는 결속력이 아무리 강하고 진보적이라도, 그것이 인류의 단결을 위한 기초로서는 불충분하다는 것입니다. 시장에서 소외되는 이들을 돌보려는 마음, 시장이 제대로 생산하지 못하는 공공재에 대한 책임감, 시장이 당신의 경쟁자라고 규정하는 이들에 대한 관용 등이 함께해야 합니다.

유엔은 이러한 측면에서 볼 때 그에 필적할만한 존재가 없습니다. 유엔은 지구촌의 유일무이한 신경중추로서, 여러 현안들을 탐색하고 교섭하며, 우선순위를 설정하고, 행위의 규범을 설정합니다. 1970년 이후, 유엔은 환경과 인구, 기아, 여성과 어린이들까지도 아우르는 기본 인권의 확장, 그리고 여러 가지 양상을 가진 지속가능한 개발에 대한 문제를 다루는 최전선에 있었습니다. 우리는 세계 곳곳의 정부와 비정부기구를 아우르며 여러 국제회의를 통해 이러한 일들을 수행했습니다.

이 새로운 방식의 다자간 외교를 통해서 제가 느리지만 꾸준히 말한 보편적 진실은 여러 사람들에게 전파되었습니다. 우리

헌장이 "우리 유엔 일꾼들" 같은 말에 "우리"라는 말을 사용하듯이 느리지만 꾸준하게 그들도 "우리"라는 말의 범위를 넓히고 있는데, 이는 저나 여러분 내지 여타 나라의 희생에 의해서가 아니라, 우리가 공통적으로 공유하는 보편적 진실의 실현을 통해 이루어지고 있습니다.

게다가 오늘 참석한 여러분 중 대부분은 이 위대하고 윤택한 미국의 시민입니다. 여러분에게 저는 특별히 부탁하고자 합니다. 여러분의 조국은 세계에서 가장 강력하고, 새로운 세계 사회에서의 미래 지위에 대해 토론이 이루어지며, 미국의 외교 비전 안에 유엔이 위치해 있습니다.

저는 여러분이 미국을 국제협력의 길로, 진보적 변화를 이끄는 역사적 사명으로 단호하게 이끌어주시기를, 그리고 법에 의한 통치, 공평한 기회, 개인의 고유한 권리에 대한 여러분 조국의 헌신이 드러나는 세계질서로 미국을 이끌어주시기를 바랍니다. 이러한 요구는 급박합니다. 바로 지금 해야 할 일입니다. 미국과 유엔의 생산적인 동반자 관계를 지속하고, 긍정적이고 할 수 있다는 태도로, 저 앞에서 우리를 부르는 평화와 번영으로 다함께 나아갑시다.

총장님, 내빈 여러분, 그리고 무엇보다도 제 동창들에게 고맙습니다. 예, 이제 이 말을 할 수 있겠군요. 행운을 빕니다!

Book List

반석출판사 도서목록

TOEFL

iBT 토플 초급자를 위한
TOEFL START Writing

Jack Betts, Naomi Kim 공저 / 4×6배판 / 332쪽 /
15,000원 (mp3 파일 무료 제공)

본서는 iBT 토플 Writing 섹션의 출제경향을 철저히 분
석하고 고득점을 얻을 수 있는 최적의 전략과 학습 방법
을 제시하고 있다. 다양한 출제 예상문제와 대화 상황,
강의 주제를 다루고 있으며, 시험을 단계적으로 공략할
수 있도록 난이도를 조정하였다. 자신의 생각을 명확하
게 표현할 수 있도록 문제의 이해와 답변 제시 등의 과
정을 실제 시험 상황과 동일하게 훈련할 수 있도록 체계
적으로 구성하였고, 권말에는 Actual Test를 수록하여
최종 점검이 가능하도록 하였다.

iBT 토플 초급자를 위한
TOEFL START Listening

Rebecca Hardy, Naomi Kim 저 / 4×6배판 / 368쪽 /
19,000원 (mp3 파일 무료 제공)

iBT 토플 Listening 출제경향을 분석하고 고득점을 얻
을 수 있는 최적의 전략과 학습 방법을 제시하고 있다.
실질적인 청취력 향상을 위하여 Dictation 훈련에 중점
을 두고 있다. 긴 지문 중 군데군데에 밑줄로 듣기 능력
을 테스트해 나아가 보면 점점 자신감이 높아지는 걸 느
낄 수 있다.
다양한 출제 예상문제와 대화 상황, 강의 주제를 다루고
있으며, 시험을 단계적으로 공략할 수 있도록 난이도를
조정하였다. 지문들의 상황은 거의 대학 캠퍼스에서 일
어날 수 있는 강의, 학생간의 대화, 교수님과의 상담 등
으로 엮었다. 권말에는 Actual Test를 수록하여 최종
점검이 가능하도록 하였다.

iBT 토플 초급자를 위한
TOEFL START Speaking

Rebecca Hardy, Naomi Kim 저 / 4×6배판 / 379쪽 /
15,000원 (mp3 파일 무료 제공)

본서는 iBT Speaking 섹션에 대한 길잡이로서의 역할
을 하도록 구성되었다. Speaking 섹션의 출제경향을
철저히 분석한 후 고득점을 얻을 수 있는 최적의 전략과
학습 방법을 제시하고 있다. 다양한 출제 예상문제와 대
화 상황, 강의 주제를 다루고 있으며, 문제의 이해와 답
변 제시 등의 과정을 실제 시험 상황과 동일하게 훈련할
수 있도록 체계적으로 구성되었다. 4주 또는 6주간의 계
획에 맞춰 학습하도록 하였고 권말에는 Actual Test를
수록하여 최종 점검이 가능하도록 하였다.

iBT 토플 초급자를 위한
TOEFL START Vocabulary 1, 2

Steven Oh 저 / 4×6배판 / 〈1권〉 419쪽 〈2권〉 427쪽 /
각 권 15,000원 (mp3 파일 무료 제공)

iBT TOEFL의 어휘, 청취, 독해를 한 권으로 마스터하려
는 학습자를 위한 교재. 영역별로 실전에 가장 빈번히
등장하는 중요 어휘와 5천여 개의 어구를 모두 영영한
사전 방식으로 해설하였고 어휘학습 후 청취 문제를 접
함으로써 청취 실력을 향상시킬 수 있다. 한 테마에 어
휘와 그에 해당하는 다양한 독해를 수록하였으며 독해
지문을 청취와 병행하여 청취 실력을 동시에 올리는 학
습효과를 누릴 수 있다. native speaker에 의해 녹음된
mp3 파일을 반석출판사 홈페이지의 자료실에서 무료로
다운받을 수 있으며 흥미로운 테마로 이루어진 지문 내
용을 반복 청취하다보면 몰라보게 향상된 자신의 영어
실력을 발견하게 될 것이다.

ALL ABOUT JUNIOR iBT TOEFL
Listening 시리즈
L1 Pre-intermediate

Naomi Kim, Alan Hahn / 4×6배판 / 208쪽
(Answer Keys 포함) / 12,000원 (mp3용 CD 포함)

L2 Intermediate

Naomi Kim, Alan Hahn / 4×6배판 / 240쪽
(Answer Keys 포함) / 12,000원 (mp3용 CD 포함)

L3 Advanced

Naomi Kim, Alan Hahn / 4×6배판 / 260쪽
(Answer Keys 포함) / 12,000원 (mp3용 CD 포함)

본 교재는 크게 영어 발음과 영어 리듬 원리를 공부하는
Part I과 유형별로 토플 문제를 공략하는 Part II로 구성
되어 있다. Part I에서는 혼동하기 쉬운 영어 발음을 구
분하고 영어의 리듬에 적응하여 청취력을 향상시키는
훈련을 한다. Part II에서는 리스닝 섹션의 출제경향을
철저히 분석하여 각 문제 유형별로 최적의 전략과 학습
방법을 제시하고 있다. 또한 시험에 실제로 자주 출제되
는 대화 상황과 강의 주제를 중심으로 지문을 제작하여
실전 시험과의 유사성을 높였으며, 학습 효과를 극대화
하기위해 난이도가 높은 문제를 뒤쪽에 배치하였다.

ALL ABOUT JUNIOR iBT TOEFL
Reading 시리즈
R1 Pre-intermediate

Naomi Kim, Alan Hahn / 4×6배판 / 216쪽 / 12,000원
R2 Intermediate

Naomi Kim, Alan Hahn / 4×6배판 / 232쪽 / 12,000원
R3 Advanced

Naomi Kim, Alan Hahn / 4×6배판 / 268쪽 / 12,000원
All About Junior TOEFL 시리즈는 토플을 전반적으로

다루고 섹션마다 모든 문제형식을 훈련시킨다. 최신 출제경향을 반영한 본 시리즈는 학습자들을 토플 학습에 자신감을 갖게 하고 고득점에 필요한 모든 것을 제공한다. Reading, Listening, Speaking, Writing 섹션은 수준별로 각 초급, 중급, 고급이 있다.

SAT & IELTS

태를 반영했다. 특히 Task별로 다양한 문제유형을 제공하여 실전감각을 익히는 데 많은 도움을 준다. 실전 모의고사 전에 나오는 Introduction 부분에서는 Task 1의 문제 유형을 막대그래프 · 파이 차트 · 라인그래프 · 도표 · 복합형으로 나누어서 설명하고 Task 2의 에세이 작성 문제에서는 논쟁 · 장점과 단점 · 토론 · 제안 · 원인과 해결책 · 비교와 대조로 분류하고 있다.

TOEIC

토익급상승 ACTUAL TEST 3 set vol. 2
오해원 저 / 국배변형판 / 268쪽(해설집포함) / 12,000원
뉴토익의 기출 문제를 면밀하게 분석, 토익 실전과 유사한 난이도를 반영한 이 책은
토익 실전 문제 3회분과 LC 스크립트를 제공한다. 전체 문제에 대한 꼼꼼한 해석과 친절한 해설을 수록했기 때문에 혼자서 토익을 공부하는 수험생들에게 많은 도움이 될 것이다. 실제 시험시간인 총 120분(2 시간)에 맞게 훈련하는 것이 좋으며, LC 실전문제 3회분 음원은 홈페이지에서 다운로드 받을 수 있다.

토익급상승 ACTUAL TEST 3 set vol. 1
김형주, 박영수 공저 / 국배변형판 / 312쪽(해설집포함) / 12,000원
뉴토익의 기출 문제를 면밀하게 분석, 토익 실전과 유사한 난이도를 반영한 이 책은 토익 실전 문제 3회분과 LC 스크립트를 제공한다. 전체 문제에 대한 꼼꼼한 해석과 친절한 해설을 수록했기 때문에 혼자서 토익을 공부하는 수험생들에게 많은 도움이 될 것이다. 실제 시험시간인 총 120분(2 시간)에 맞게 훈련하는 것이 좋으며, LC 실전문제 3회분 음원도 www.bansok.co.kr에서 다운로드 받을 수 있다.

토익 LC 실전문제 10세트 수록 토익급상승 RC 1000제
오해원, 박명수 외 4명 공저 / 국배변형판 / 500쪽(해석집포함) / 12,000원
토익 RC 파트 5~7를 대비하는 실전문제집으로 토익 860점을 뛰어넘을 수 있도록 한 책이다. 뉴토익의 기출 문제를 면밀하게 분석, 토익 실전과 유사한 난이도를 반영한 이 책은 토익 RC 실전문제 10회분을 제공한다. 전체 문제에 대한 꼼꼼한 해석을 수록했을 뿐만 아니라 자세한 해설(파트 5~6)과 동영상 강의(파트 5)를 제공(www.bansok.co.kr)하기 때문에 혼자서 토익을 공부하는 수험생들에게 많은 도움이 될 것이다.

토익 LC 실전문제 10세트 수록 토익급상승 LC 1000제
임동찬, 유미진 / 국배변형판 / 350쪽(해석집포함) / 9,800원
뉴토익의 기출 문제를 면밀하게 분석, 토익 실전과 유사한 난이도를 반영한 이 책은 토익 L/C 실전 문제 10회분과 스크립트를 제공한다. 전체 문제에 대한 꼼꼼한 해석을 수록했을 뿐만 아니라 저자 직강 음성강의 mp3 파일과 딕테이션이 가능한 주요 구문과 단어 등이 밑줄로 처리된 스크립트(딕테이션 노트)와 정답을 제공(www.bansok.co.kr)하기 때문에 혼자서 토익을 공부하는 수험생들에게 많은 도움이 될 것이다.

TEPS

텝스급상승 이정로의 논리독해
이정로 저 / 국배변형판 / 243쪽(해설집포함) / 15,000원
텝스의 실제적인 문제들을 바탕으로 엄선된 본 교재의 각종 독해 문제들은 기존의 출제 경향을 정확히 반영하면서도 저자의 강점이자 특징인 〈논리적인 독해〉 능력을 키울 수 있도록 하였다. 논리적인 독해로 그 논리성만 파악한다면 보다 쉽게 주제문을 찾을 수 있게 되고 근거를 통한 답 찾기로 텝스 독해는 보다 쉽게 해결이 될 것이다.

텝스급상승 이정로의 논리청해
이정로 저 / 국배변형판 / 304쪽(해설집포함) / 15,000원
텝스의 실제적인 문제들을 바탕으로 엄선된 본 교재의 각종 청해 문제들은 기존의 출제 경향을 정확히 반영하면서도 저자의 강점이자 특징인 〈논리적인 청해〉 능력을 키울 수 있도록 하였다. 논리적인 청해로 그 논리성만 파악한다면 보다 쉽게 주제문을 찾을 수 있게 되고 근거를 통한 답 찾기로 텝스 청해는 보다 쉽게 해결이 될 것이다.

텝스급상승 이정로의 논리문법
이정로 저 / 국배변형판 / 340쪽(해설집포함) / 15,000원
텝스의 실제적인 문제들을 바탕으로 엄선된 본 교재의 각종 문법 문제들은 기존의 출제 경향을 정확히 반영하면서도 저자의 강점이자 특징인 〈논리적인 문법〉 능력을 키울 수 있도록 하였다. 논리적인 문법으로 그 논리성만 파악한다면 보다 쉽게 주제문을 찾을 수 있게 되고 근거를 통한 답 찾기로 텝스 문법은 보다 쉽게 해결이 될 것이다.

독해 · 어휘 · 문법 · 작문

지성인을 위한 영문독해 컬처북 1~9
이원준 저 / 150×220 / 각 권 7,000원(mp3 무료제공)
지성인을 위한 영문독해 컬처북 시리즈에는 TOEFL, SAT, 텝스, 대학편입시험, 대학원, 국가고시 등에 고정적으로 인용되는 주옥같은 텍스트들을 인문, 사회, 자연과학 분야별로 엄선, 체계적으로 엮어 놓았다.

회화 · 일반

한줄 영어회화 Start Vol. 1~5
이원준 / 4×6판 변형 / 각 권 7,000원 (mp3 파일 무료)
영어회화를 정복하기 위해서는 자나 깨나 영어로 생각하고 영어에 미쳐야 합니다. 저자가 경험한 '한줄'로 영어 말하기 5가지 솔루션을 제안합니다.

패턴플레이 100
황인철 / 152×225 / 324쪽 / 12,000원 (mp3 파일 무료)
영작 + 영어회화, 동시공략 프로그램, 필수 영문패턴 100개를 반복 훈련함으로써 영작과 영어회화가 쉬어진다.